고흥 월포농악

월포농악은 무대에서 공연되는 명포의 예능이 아니라 세시풍속상의 제의이자 놀이로 존재해왔다. 월포농악은 매년 음력 정월에 펼쳐지는 마을 축제 기간에 연행되었다. 그러므로 월포농악의 전승 배경과 유래는 주민들의 생활과 세시풍속이라고 할 수 있다. 다시 말하면 월포 사람들이 마을을 이루어 살면서 공동체의 안녕을 축원하기 위해 당산제를 모시고 중물을 치기 시작하면서 월포농악이 시작되었다고 할 수 있다. 이런 점에서 본다면, 월포농악의 유래는 마을 공동체의 역사와 함께 한다고 할 수 있을 것이다. 한편 월포농악의 연행 종목 중의 하나인 문굿의 경우 특별한 유래가 전한다. 문굿은 영기를 세워 놓고 그 앞에 늘어서서 상징적인 행위들을 반복하면서 다채로운 가락을 연주하는 굿이다. 월포 사람들은 이 문굿이 군법의 엄격함과 통한다고 설명한다. 그리고 그 근원에는 수군 군영(軍營)에서 사용하던 군악(軍樂)이 있다고 말한다. 전라좌수영 관할 오관오포의 수군들이 사용하던 군악으로부터 문굿이 유래되었다는 것이다.

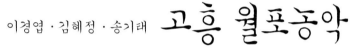

이경엽 · 김혜정 · 송기태   고흥 월포농악

거금도는 고흥반도 남쪽에 자리 잡은 섬이다. 예로부터 바다와 들에서 나오는 물산이 풍부한 곳으로 이름난 곳이다. 또한 장사가 많이 나오고 예술이 발달한 곳으로 유명하다. 필자가 처음 고흥 금산(거금도)에 갔을 때는 1989년 여름이었다. 남도민속학회에서 매년 여름마다 남해안의 주요 섬을 답사하고 있었는데 1989년도에는 거금도를 조사하게 되었다. 당시 대학원생이던 필자도 그 일원으로 거금도를 답사하게 되었다. 녹동항에서 배를 타고 금진에서 내려 면사무소에서 내준 트럭을 타고 둘러본 거금도는 생각보다 규모가 컸다. 그리고 비포장도로로 연결돼 있던 들길·산길과 수려한 풍광이 인상적이었다. 또한 산 한쪽을 헐어내는 채석장과 화강암을 실어 나르는 트럭들의 행렬이 눈길을 모았다. 거금도 답사는 민속학에 입문해서 뭔가 열심히 해보겠다고 나선 대학원생의 열정을 채워주고도 남음이 있었다. 섬 주민들의 살아 있는 생활양식을 공부할 수 있었고, 준비해간 녹음 테입에 설화와 민요 자료를 가득 채웠으니 만족감은 두말할 나위가 없었다.

첫 번째 거금도 답사에서 가장 기억에 남은 곳은 다름 아닌 월포였다. 월포에서는 두 가지가 특히 인상적이었다. 하나는 마을 앞의 우람한 당산나무이고,

다른 하나는 최병태 어르신이었다. 마을에 먼저 도착해서 민속조사를 하고 계시던 지춘상 교수님이 필자가 농악에 관심이 많다는 것을 아시고 일부러 최병태 어르신을 소개해 주셨다. 그렇게 해서 최병태 상쇠를 만나게 되었는데 바로 당산나무 아래에서였다.

두 번째로 거금도를 찾은 것은 1993년이었다. 이때 월포농악을 무형문화재로 지정하기 위해 시연 내용을 조사했는데, 지도교수를 따라와 녹음 작업을 도와 드리면서 본격적으로 공부할 기회를 잡게 되었다. 그때 처음 본 월포농악의 연행은 이전에 볼 수 없었던 새로운 것이었다. 상쇠를 비롯한 치배들의 연주 솜씨가 그렇고, 역동적이고 다채로운 연희와 가락이 놀라웠다. 특히 상쇠 뒤를 따라 다니는 부쇠들의 식견과 연주 능력이 대단했다. 한두 명이 좌우하는 다른 지역 농악과 달리 전체적인 수준이 뛰어나고 기반이 탄탄하다는 점이 특별하게 와 닿았다. 그때 만났던 분들이 상쇠였던 최병태 어르신과 부쇠였던 김형철 어르신, 그리고 현상쇠인 정이동, 하태조, 진삼화, 선종섭 씨 등이다. 이후로 최병태 어르신과는 주기적으로 전화통화를 하며 가르침을 받았다. 최병태 상쇠는 풍물굿판에서는 격정적인 연희를 주도하면서도 다른 한편으로 세심하고 여린 감성을 갖고 계신 분이었다. 천상 예인의 모습 그대로였다고 기억된다.

월포농악을 보면서 생각한 것이 기록화 작업이었다. 다양하고 풍부한 가락과 역동적인 신명, 그리고 농악을 대하는 엄정한 태도를 제대로 기록할 필요가 있다고 느꼈던 것이다. 그러나 차일피일 미루고만 있었다. 이후 1995년도에 현지에서 다시 촬영을 하고, 한 동안 뜸하다가 월포농악을 다시 만난 것은 2005년이었다. 최병태 어르신이 작고한 뒤 새로운 예능보유자 인정 조사를 위해 월포를 찾았던 것이다. 그 동안 월포농악도 변해 있었다. 그러나 여전히 월포농악은 살아 있었다. 주민들에게 당산제와 농악은 소중한 전통으로 살아 있고, 수많은 사람들이 월포농악을 전수해서 배워가고 있었다. 그리고 정이동 상쇠는 가락들을 정리하고 소책자를 발간해서 체계적으로 교육시키고자 노력하고 있었다. 정이동 상쇠의 소책자는 필자에게 자극을 주고 감동을 주었다. 이번에 고흥군청의 지원을 받아 보고서를 발간하고 영상 기록을 남길 수 있었던 것도 사실은, 정이동 상쇠의 기록과 가르침이 있어서 가능했다고 할 것이다.

월포농악은 남해안지역의 대표적인 농악이다. 1994년에 전라남도 무형문화재 제27호로 지정된 것도, 이런 대표성이 고려되었기 때문일 것이다. 그동안 여러 차례 경연대회에서 입상을 하고 방송과 학자들의 관심이 끊이지 않은 것도 월포농악에 대한 평가와 무관하지 않을 것이다. 월포농악은 토속성과 전통성이 두드러지고 예술적 짜임새가 뛰어나다는 평가를 받는다. 공연화된 일반 농악들과 달리 정월의 세시풍속 속에서 연행되고 있고, 주민들이 정성을 다해 전승하고 있어서 살아 있는 민속이라는 느낌을 받게 된다. 그동안 김학주 선생이나 박흥주 선생 등이 학위논문에서 월포농악을 심도 있게 다뤘던 것도 월포농악의 이런 면모를 주목해서라고 할 수 있다.

이 책은 고흥군청에서 추진한 무형문화재 기록 사업의 일환으로 작성되었다. 보고서를 작성하기 위해 2007년 11월과 2008년 2월에 현지작업을 실시했다. 특히 2008년 2월 9일~10일(음력 정월 3일~4일)에는 당산제의 준비와 진행, 농악의 실연 과정을 세밀하게 관찰하고 촬영했다. 이 과정에서 자부심과 애정을 갖고 민속문화를 전승하고 있는 주민들을 만날 수 있었다. 이 보고서에서는 현지작업을 통해 파악한 전승배경과 연행양상을 종합적으로 기록하고자 했다. 보고서와 함께 DVD를 제작했으므로 더 폭넓게 활용될 것으로 기대한다. 이번 학술조사를 지원해준 고흥군청에 감사드리며, 자상하게 제보해주고

도움을 주신 김종배 월포농악보존회장님을 비롯한 월포의 어르신들께 감사의 말씀을 드린다. 특히 정이동 상쇠 어르신의 가르침에 대해 특별하게 감사드리고 싶다. 그리고 비디오 자료와 사진 자료를 제공해주신 진영환님에게도 감사의 말씀을 드린다. 이 책자와 DVD가 월포농악 계승에 작은 기여라도 할 수 있기를 기대한다.

2008년 5월 30일
연구단을 대표해서 이경엽 씀.

| 차례 |

월포농악은 무대예적 공연되는 별도의 예능이 아니라 세시풍속적인 제의이자 놀이로 존재해왔다. 월포농악은 매년 음력 정월에 벌어지는 마을 축제 기간에 연행되었다. 그러므로 월포농악의 전승 배경과 유래는 주민들의 생활과 세시풍속이라고 할 수 있다. 다시 말하면 월포 사람들이 마을을 이루어 한편의 공동체의 안녕을 축원하기 위해 당산제를 모시고 굿놀음을 치기 시작하면서 월포농악이 시작되었다고 할 수 있다. 이런 점에서 보나마, 월포농악의 유래는 마을 공동 제의 역사와 함께 한다고 할 수 있을 것이다. 한편 월포농악의 연행 종목 중의 하나인 문굿의 경우 특별한 유래가 전한다. 문굿은 영기를 세워 놓고 그 앞에 늘어서서 철걸적인 행위들을 반복하면서 다채로운 가락을 연주하는 굿이다. 월포 사람들은 이 문굿이 군법의 엄격함과 통한다고 말한다. 그리고 그 근원에는 수군 군영(軍營)에서 사용하던 군악(軍樂)이 있다고 말한다. 전라좌수영 관할 오량호포의 수군들이 사용하던 굿이으로부터 문굿이 유래되었다는 것이다.

문굿이 전승되는 마을 월포

1. 문굿이 전승되는 마을 월포

1) 월포의 유래

월포는 고흥반도 남쪽 거금도에 있는 어촌 마을이다. 이 마을에는 전라남도 지정 무형문화재 제27호 '월포농악'이 전승되고 있다. 영기令旗를 두 개 세워 문을 만들어 놓고 치는 '문굿'(정문삼채굿)이 특히 유명하다. 월포농악은 다채롭고 역동적인 남해안 지역 풍물굿의 정수를 보여주는 것으로 평가받는다.

월포가 자리한 거금도巨金島는 우리나라에서 열 번째로 큰 섬이다. 섬 하나가 면이니 비교적 큰 섬이라고 할 수 있다. 거금도는 도양읍 녹동항에서 남쪽으로 2.3㎞ 떨어진 곳에 있으며, 녹동항과 거금도 신평·금진을 오가는 여객선을 이용해 출입할 수 있다. 면적은 62.08㎢이며 해안선 길이는 54㎞이다. 최고점은 적대봉(592m)이며 400m 내외의 산지가 많고 서쪽과 북쪽은 경사가 완만한 구릉성 산지로 되어 있다. 해안은 사질해안이 많으나 돌출한 갑 일대는 암석해안을 이루고 있으며 해식애도 발달해 있다. 1월 평균기온 1.0℃ 내외, 8월 평균기온 26.0℃ 내외, 연강수량 1,518㎜ 정도이다.

섬 안에서 고인돌과 패총 등이 발견되는 것으로 보아 거금도에는 선사시대부터 사람이 살았던 것으로 보인다. 하지만 기록상으로는 『세종실록』에 절이도折爾島란 이름으로 처음 등장한다. 특산물에 대한 기록도 나오고, 도양목장 관할 마목장馬牧場이 설치되었으므로 관련 기록들도 많이 나온다. 절이도는 강진군에 속했다가 고종 32년(1895년) 지방 관제 개정에 의해 돌산군에 편입되었으며, 1914년 행정구역 통폐합에 따라 고흥군에 편입되었다.

월포는 조선후기에 성립된 마을이다. 월포는 19세기 문헌에서 이름이 발견된다. 1872년에 발간된 고지도에 녹도진 아래 절이도의 한 마을로 월포가 표기돼 있다. 월포가 대흥·어전·옥룡과 함께 표시돼 있는 것으로 보아, 거금도의

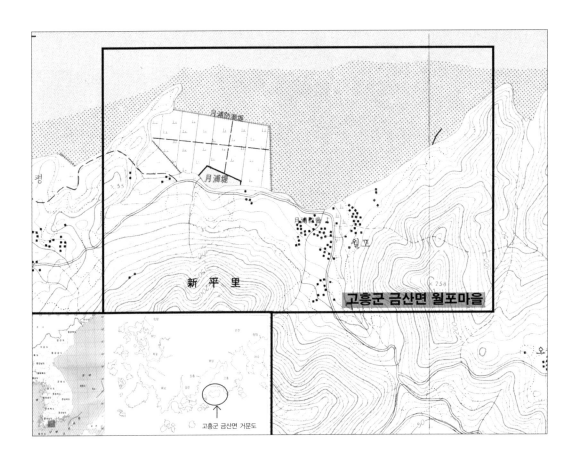

고흥군 금산면 월포마을

新平里

月浦防潮堤

月浦堤

고흥군 금산면 거문도

〈그림 1〉 고흥군 금산면 월포마을 위치

대표 마을 중 하나로 인식됐음을 알 수 있다.

구전에 의하면 월포에 입도조가 들어온 것은 200년 전쯤이라고 한다. 임란 이후 비워두었던 섬에 연안지역 주민들이 이주해오면서 마을이 성립되는데, 월포의 경우 19세기 초에 들어온 이주민들이 초기 주민이었던 것으로 추정된다. 월포의 입도조는 김녕 김씨金寧金氏와 담양 전씨潭陽田氏인 것으로 전한다. 하지만 지금은 이들의 후손이 남아 있지 않다. 입도조 이후 경주 최씨慶州崔氏, 장수 황씨長水黃氏, 여양 진씨驪陽陳氏 순으로 들어와 마을을 이루게 되었다고 한다.

월포는 금산면소재지의 동북쪽 바닷가에 자리잡고 있다. 행정구역상 금산면 신평리에 속한다. 1914년 행정 구역 통폐합 당시 신평, 오룡동과 함께 신평리로 묶이게 되었다. 월포月浦라는 이름의 유래는 마을 형국과 관련이 있다. 마을 앞 해안선이 반달 모양으로 생겼다고 해서 예로부터 '달개' 라고 불러왔는데, 이것의 한자 이름이 바로 월포다. 주민들은 지금도 달개라는 이름을 사용하고 있으며 마을 뒤 고개를 달갯재라고 부른다.

2) 월포의 사회문화적 배경

월포의 가구수는 2008년 현재 68호다. 1970년대 중반까지는 100호가 넘었으나 점차 줄어 지금에 이르렀다. 성씨 구성을 보면, 김해 김씨, 광산 김씨, 경주 김씨, 장수 황씨, 여양 진씨, 진주 정씨, 경주 최씨 등 각성바지가 모여살고 있다.

월포 사람들의 생업은 어업과 농업이다. 바닷가 마을답게 주민들은 마을 앞 바다에서 주낙, 해조류·어패류 채취, 양식 등을 해왔다. 특히 김 양식은 1970년대 후반까지 주민들의 주소득원이었다. 그리고 예로부터 밭농사의 비중이 컸는데, 20년 전에 간척지를 조성한 이후 논농사도 짓게 되었다. 농경지 확보는 월포 사람들에게 각별한 일로 간주된다. 숱한 고난을 이겨내고 주민들이 단합해서 간척을 하고 그곳에서 벼농사를 짓게 된 것을 특별하게 여기고 있다. 정월에 농악을 칠 때 바닷가에서 선창굿을 치고 난 다음 간척지굿을 치는 것도 이런 배경에서다.

월포 사람들의 생업 중에서 주목되는 것은 갯벌 어로와 해조류 양식이다. 조수간만의 차로 갯벌이 드러나는 까닭에 어선 어업이 성하지 않지만, 대신 다양한 갯벌 어로가 발달할 수 있었다. 예로부터 낙지·반지락과 같은 어패류 채취가 성행했으며 해조류 양식도 활성화 되었다. 1960~70년대에는 대부분의 주민들이 김 양식에 종사할 정도로 그 비중이 컸다. 그러나 1970년대 후반에

김 가공공장이 대형화되고 가족 단위의 소형 김 양식이 가격 경쟁에서 밀리면서 김 양식이 약화되었으며, 그 여파로 도시로 이주해가는 주민들이 많이 나오게 되었다.

현재 각광받는 생업은 매생이 양식이다. 매생이는 청정해역에서 자라는 녹색 해조류다. 파래와 유사한데, 파래가 거칠고 녹색에 가까운 반면 매생이는 5~6가닥을 더해야 머리카락 하나 굵기가 될 만큼 가늘고 검붉은 녹색을 띠고 있다. 5대 영양소가 골고루 들어 있는 식물성 고단백 식품으로 인기를 끌고 있다. 매생이는 고흥, 완도, 장흥 등지에서 주로 생산되며, 특히 고흥 월포의 매생이를 최고 상품으로 친다.

월포에서 매생이 양식을 하는 집은 32호다. 매생이 양식은 고소득을 올리는 생업으로 각광받고 있다. 연로해서 노동력이 부족한 집을 제외하고 대부분 매생이 양식과 관련을 맺고 있을 정도로 중요시되고 있다. 월포 어촌계에서는 면허지 30ha에 570척(10ha당 190척)의 건흥을 설치해서 매생이를 생산하고 있다.

신문 기사에 의하면 "(2008년) 고흥해역의 매생이 양식은 금산면 월포, 도양읍 동봉어촌계 등에 약 1,500대(척)가 시설, 12월 하순부터 본격적인 채취가 시작되어 200여톤 약 12억원의 소득을 올리고 2월 중순 종료되었다."고 한다. 이로 보아, 월포가 매생이 양식을 하는 대표적인 마을로 꼽히고 있음을 알 수 있다.

월포의 문화적 전통에서 가장 두드러진 것은 정월의 공동체 행사다. 정초에 당산제를 전후해 펼쳐지는 마을축제가 특별하고 지속적인 전통으로 전승되고 있다. 당산굿-선창굿-간척지굿-당제-제굿-마당밟기-문굿 등으로 진행되는 제의와 놀이는 다채롭고 역동적인 공동체 예술의 진수를 보여준다. 월포 사람들은 마을의 평안과 풍년을 빌고 신명을 나누기 위한 당제와 농악을 대단히 소중하게 여기고 있다. 월포농악이 무형문화재로 지정되고 전국적인 명성을 얻고 있는 것은 이와 같은 전승기반과 밀접한 관련이 있다.

월포 사람들은 전통문화에 대해 관심이 많은 편이다. 과거에는 판소리를 하던 사람들도 많았다고 한다.

> 이전에 국창 김연수가 소시때 월포 와서 노래 공부를 했어. 여그 와서 소리 공부를 하고. 여그서 소리 공부 한 사람이 상당히 많았거든. 그라고 여그서 소리 한 사람은 잔태무라고 있어. 거그도 (살아 있으면) 금년에 100살임만. 황형호 씨는 91살이고, 또 황문포라고 있어. 그리고 신용태, 황귀열 그런 사람들이 노래 명가들이었어요. 지역적으로 소리 하는 사람들이 여기 와서 놀고 그랬어.
>
> – 2008. 2. 9 고흥군 금산면 월포리 정이동 외

월포에 소리꾼이 많았으며 금산면 내에서 소리하는 사람들도 마을에 와서 소리 공부를 하고 더불어 놀았다고 한다. 예로부터 월포 사람들이 전통예술에 대한 식견과 전승의식이 남달랐다는 것을 말해준다. 이런 배경으로 인해 월포 농악이 다른 지역보다 더 잘 전승되고 있다고 할 수 있다.

월포농악은 무대에서 공연되는 별도의 예능이 아니라 세시풍속상의 제의이자 놀이로 존재해왔다. 월포농악은 대민 음력 정월에 벌어지는 마을 축제 기간에 연행돼왔다. 그러므로 월포농악의 전승 배경과 유래는 주민들의 생활과 세시풍속이라고 할 수 있다. 다시 말하면 월포 사람들이 마을을 이루어 살면서 공동체의 안녕을 축원하기 위해 당산제를 모시고 굿물을 치기 시작하면서 월포농악이 시작되었다고 할 수 있다. 이런 점에서 본다면, 월포농악의 유래는 마을 공동체의 역사와 함께 한다고 할 수 있을 것이다. 한편 월포농악의 연행 종목 중의 하나인 문굿의 경우 특별한 유래가 전한다. 문굿은 엉기는 세워놓고 그 앞에 늘어서서 정성 어린 행위함을 반복하면서 다체로운 가락을 연주하는 것이다. 월포 사람들은 이 문굿이 군법의 엄격함과 통한다고 설명한다. 그리고 그 근원에는 수군 군영(軍營)에서 사용하던 군악(軍樂)이 있다고 말한다. 전라좌수영 관할 오관오포의 수군들이 사용하던 군악으로부터 문굿이 유래되었다는 것이다.

월포농악의 유래와 전승 배경

2. 월포농악의 유래와 전승 배경

1) 월포농악의 유래

월포농악은 무대에서 공연되는 별도의 예능이 아니라 세시풍속상의 제의이자 놀이로 존재해왔다. 월포농악은 매년 음력 정월에 펼쳐지는 마을 축제 기간에 연행돼왔다. 그러므로 월포농악의 전승 배경과 유래는 주민들의 생활과 세시풍속이라고 할 수 있다. 다시 말하면 월포 사람들이 마을을 이루어 살면서 공동체의 안녕을 축원하기 위해 당산제를 모시고 풍물을 치기 시작하면서 월포농악이 시작되었다고 할 수 있다. 이런 점에서 본다면, 월포농악의 유래는 마을 공동체의 역사와 함께 한다고 할 수 있을 것이다.

주민들은 월포농악의 유래를 매귀埋鬼와 관련해서 찾고 있다. 상쇠 정이동이 정리한 『고흥 월포농악』이란 소책자의 첫부분을 보면 '매귀의 유래'란 글이 실려 있다. 그리고 월포농악전수관 앞에 '매귀와 문굿 유래'라는 비석이 있다. 정월에 당산제를 모시고 풍년을 희구하고 액을 막고자 치는 굿으로부터 월포농악의 유래를 찾고 있음을 말해준다. 월포농악의 근원이 제의적 연행과 관련이 있음을 보여준다.

한편 월포농악의 연행 종목 중의 하나인 문굿의 경우 특별한 유래가 전한다. 문굿은 영기를 세워놓고 그 앞에 늘어서서 상징적인 행위들을 반복하면서 다채로운 가락을 연주하는 굿이다. 월포 사람들은 이 문굿이 군법의 엄격함과 통한다고 설명한다. 그리고 그 근원에는 수군 군영軍營에서 사용하던 군악軍樂이 있다고 말한다. 전라좌수영 관할 오관오포의 수군들이 사용하던 군악으로부터 문굿이 유래되었다는 것이다.

문굿의 군악 기원설은 지역적 특성과 연관돼 있다. 남해안에 자리 잡은 수군 군영의 군악이 이 지역 농악 전승에 영향을 미쳤다는 것이다. 남해안지역에서는 농악을 군고軍鼓라고 부르는데, 조일전쟁[임진왜란]과 그 이후에 활약했

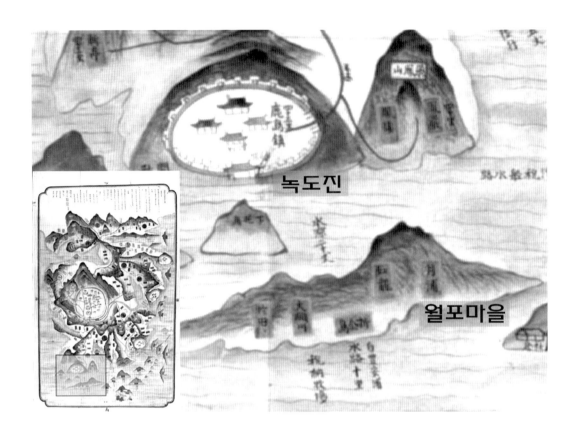

녹도진

월포마을

던 수군의 영향을 보여주는 근거로 거론된다. 월포농악의 경우도 조선 수군의 거점지인 고흥의 지역적 전통에 토대를 두고 있는 것으로 설명된다. 전라도 동부 해안을 방비하던 전라좌수영에는 본영(여수)과 관할 5관(순천, 낙안, 보성, 광양, 흥양), 5포(방답, 사도, 발포, 녹도, 여도)가 있었는데, 이 중에서 1관(흥양 – 현 고흥군), 4포(사도진 – 현 고흥군 점암면 금사리, 여도진 – 현 고흥군 점암면 여호리, 발포진 – 현 고흥군 도화면 내발리, 녹도진 – 현 고흥군 도양읍 봉암리)가 고흥 관내에 속해 있었다. 이런 이유로 고흥에는 다른 지역보다 군악적인 전통이 더 강하다고 보는 것이다. 월포 문굿의 유래도 이런 지역적 전통과 상관성이 있다고 할 수 있다.

월포의 문굿은 고흥의 이름난 예인들에 의해 전승되었다고 전한다. 고흥의 옛예인들로는 정복동 상쇠와 박군선 선생 등이 거론된다. 월포에 문굿을 전해 주었다는 사람들은 이웃 마을에 살던 김응선과 박홍규다. 김응선과 박홍규는 기량이 뛰어난 상쇠였다고 하며 해방 후에 월포에 문굿을 전수해줬다고 전한다. 문굿이 전해지기 전까지 월포 사람들은 일반 농악은 잘 했으나 문굿은 칠 줄 몰랐다고 한다. 그래서 마을 노인들이 문굿을 칠 수 있어야 제대로 된 농악패로 행세할 수 있고, "문굿은 군법이기땜시 배워야 한다."고 주장하면서 문굿 전수를 강조했다고 한다. 이렇게 해서 김응선과 박홍규에 의해 문굿이 수용되었다고 한다. 월포 문굿이 지역의 문화적 전통과 밀접한 연관 속에서 비롯돼 전승되고 있음을 알 수 있다.

2) 전승계보와 역대 명인들

(1) 월포농악의 전승계보

월포농악의 전승계보는 마을 자체 내의 상쇠(A)와 인근 마을 상쇠(B)가 결합 돼 있다. 전임 상쇠 최병태는 최병태-진야무의 기능과 이웃 마을 김응선, 박홍 규의 기능을 이어받아 활동했고, 그 기능은 현 상쇠 정이동에게 이어지고 있다.

(A)… - 최치선 - 진야무 ↘

최병태 - 정이동

(B)… - 김응선 - 박홍규 ↗

월포농악은 마을 자체적으로 전승되고 있지만 인근의 이름난 상쇠들의 영향 을 받기도 했다. 김응선은 고흥 봉래면 출신으로 일제 강점기에 금산면 오천리 로 이주해온 사람이다. 박홍규는 인근 홍연마을 사람이다. 이들은 뛰어난 기량

을 지닌 상쇠였다고 하며, 해방 후 월포에 〈문굿〉을
전수시켰다고 한다. 당시 월포 사람들은 문굿을 제
대로 치지 못했는데, 김응선이 먼저 문굿을 가르치
고 이어 박홍규가 체계적인 문굿을 전수해줬다고 한
다. 문굿의 전수 과정을 보여주는 자료가 있는데, 다
음 장에서 다룰 '야유농악'이란 세 장짜리 문서가
그것이다. 이것은 박홍규가 남긴 자료라고 전한다.

장구를 잘 치던 이로는 설장고 최영채와 부장고
장옥선, 최명하가 있다. 이들은 상모를 돌리면서 장
구를 쳤는데 당대 최고로 인정받았다고 한다. 기량
이 뛰어나서 '팔려다니며' 활동을 했다고 한다. 최
영채는 전임 상쇠인 최병채의 형이기도 하다.

월포농악은 치배의 전체적인 기량이 우수하다고
평가받는다. 현 상쇠 정이동이 말하는 1950~1960
년대 월포농악을 이끌던 치배 구성을 보면 아래와
같다.

2 월포농악 정이동 상쇠
(2008년)

쇠	진야무, 김형태, 황삼포
징	김홍주, 박채신
장고	최영채, 장옥선, 최명하
북	황형일, 신윤석, 황형오, 최영옥, 황형기, 황형춘, 김달점, 신용철, 정대석, 진대동, 황귀열
소고	김용성

1950년대에 이 농악대를 이끌고 박홍규 상쇠가 금산장과 녹동장 낙성식 때
농악을 쳤는데, 다른 마을 농악을 제치고 최고의 인기를 끌었다고 한다. 인근

여러 마을에서 농악대가 왔지만 월포농악을 당하지 못했다고 한다. 현재 월포농악의 명성은 이와 같은 전통의 연장선상에 놓여 있다고 할 수 있다.

(2) 역대 명인들

최치선

최치선의 등본상의 이름은 최재봉崔在奉이다. 그는 월포농악을 성립시킨 장본인이라고 전한다. 본래 금산면 신촌리 금진 출신이나 월포의 담양전씨 가문에 장가를 들면서 월포로 옮겨와 살게 되었다. 최씨는 월포로 이주해오면서 금진에서 당할머니를 모시고 왔다고 하며, 그로부터 월포에서 당제를 모시게 되었다고 한다.

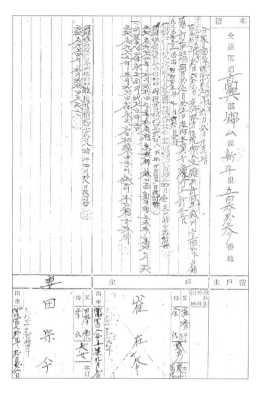

〈그림 3〉 최치선 상쇠 제적등본

　　최치선 씨의 태생지는 금산면 신촌리 금진입니다. 그래 가지고 월포 전씨 가문에 결혼을 했어요. 결혼을 해가지고. 처가가 부(富)하고 그러니까 여기로 왔어요. 금진서 그랑께 당할머니를 모시고 요리 왔어요. 금진서 쇠를 친 사람입니다. 종쇠를 했다는 말을 내가 들었어요. 거그 쇠를 치고 있다가 요리 오면서 당할머니를 모셔갖고 와서 여기서 당제를 그래서 발굴이 된 겁니다.

정이동에 의하면, 최씨는 '본 마을에서 당제굿과 농악을 지도한 분'이라고 한다. 그의 기능을 후임 상쇠 진야무를 비롯한 군총들이 물려받았으며, 아들 최병태가 그것을 이어받았다.

김응선

김응선은 고흥의 이름난 예인들과 연결돼 있는 상쇠다. 김씨는 경복궁 낙성식 때 참가해서 이름을 얻은 장흥 문굿을 잇고 있는 상쇠로서, 일제 강점기에 봉래면에서 금산면 오천으로 이주해서 살았다고 한다. 그는 해방 후에 월포를 비롯한 주변 마을에 다니면서 문굿을 전수시켰다고 한다.

김씨의 나이는 최치선과 비슷했다고 하는데, 그의 신분에 대해서는 여러 가지 얘기가 전한다. 그의 조부가 진사 벼슬까지 했다고도 하며, 그가 사상 때문에 일제 강점기에 피신을 하러 금산으로 찾아들었다는 얘기도 있다. 또한 전통 사회에서 하대를 받던 '백정'이어서 나이 어린 사람들도 그를 보고 '허이'라고 했다고 한다. 그는 말년에 성냥산[대장간]을 하며 살았다고 한다.

박홍규

박홍규는 김응선에 이어 월포에 문굿을 전수시킨 인물이다. 두 사람의 굿은 똑같은 것이어서 순조롭게 수용될 수 있었다고 한다. 박씨는 고개 너머 흥연에서 살았는데, 월포 사람들과 더 잘 어울리며 굿을 쳤다고 한다.

> 그 양반은 우리 부락하고 가깝고 거그는 칠 사람이 없어. 자기 뜻과 안 맞은께 여그 와서 친다. 그분하고 합세해서, 예전에 장터를 만들고 장터 낙성식 할 때 굿을 쳐서 이름을 떨치고 그랬습니다.(중략) 그 사람은 지금 내놔도 참 그런 사람 못 보았어. 상모놀음이나 굿 치는 것이나 참 잘했어요.

박씨는 금산장과 녹동장 낙성식 때 월포농악대를 이끌고 참가해서 이름을 떨친 것으로 유명하다. 당시 월포농악대의 연희에 대해 주변에서 최고의 찬사를 아끼지 않았다고 한다. 박씨는 월포농악대의 기량을 향상시킨 상쇠로 평가되고 있다.

진야무

　진야무陣也武(1906년~1983년)는 선임 상쇠 최치선과 김응선, 박홍규 등의 기능을 배워 전승했던 상쇠다. 기량이 뛰어나서 '남사당패에 있다가 나왔다'고 한다. 대외적인 활동을 할 만큼 역량 있는 상쇠였다는 것이다. 1960~1970년대 월포농악을 이끌었다. 진야무의 기능은 최병태에게 전수되었다.

◀ 3 진야무 상쇠
▲ 〈그림 4〉 진야무 상쇠 제적등본

최병태

　최병태崔炳泰(1918년~2003년)는 부친 최치선과 선배 상쇠인 진야무의 뒤를 이어 상쇠가 되었다. 최씨는 열두 살 때 상쇠 뒤를 따라 다니며 기능을 익히는 '농부' 역을 거쳐 나중에 상쇠가 되었다. 농부는 쇠잽이와 똑같은 복장으로 상쇠 뒤를 따르며 상쇠가 하는 대로 흉내를 내는 역할을 한다. 대개 열 살 전후의 끼 있는 소년 중에서 선발한다. 농부는 상쇠의 흉내를 내면서 춤사위, 상모놀이, 진풀이, 농악의 전체 진행 등을 익힌 뒤 쇠잽이가 된다. 과거의 쇠잽이들은 모두 이런 과정을 거쳤다고 하는데, 최병태 역시 농부역을 3년 정도 한 뒤 끝쇠가 되었고, 이후 전임 상쇠 진야무를 뒤를 이어 상쇠로 활동했다.

4 최병태 상쇠

　최씨는 월포농악의 명성을 대외적으로 알린 상쇠다. 월포농악은 1990년대 초에 각종 문화제와 경연대회에 나가 이름을 얻게 되는데, 당시 활동했던 상쇠가 바로 최병태다. 1994년에 전라남도 무형문화재 제27호 예능보유자로 지정되었다. 2003년에 작고하기까지 월포농악 상쇠로서 활동했다.

3) 야유농악夜遊農樂 문서

　야유농악夜遊農樂이란 제목으로 보아, '밤에 놀면서 치는 농악'이라고 풀이할 수 있다. 이 문서는 세 장짜리 필사본 자료다. 세로로 필사했으며 첫 번째 장은 8줄, 두 번째 장은 10줄, 세 번째 장은 9줄이다. 행간의 여백에 가락 구음이 적혀 있는 경우도 있다. 필사 시기는 해방 후이며 필사자는 홍연 마을의 박홍규 씨인 것으로 전한다. 해방 직후에 월포 인근 마을에 살던 김응선(오천리)

씨와 박홍규(홍연리) 씨가 월포마을에 〈문굿〉을 전수해주었는데, 그 과정에서 이 문서를 작성했다고 한다. 문서 끝에 '홍연 박홍규 선생 월포 정이동(보관)'이라고 적혀 있는데, 이는 최근에 정이동 씨가 적어 넣은 것이다.

『夜遊農樂』은 자료적 가치가 높다. 제목과 내용으로 볼 때 저녁에 치고 노는 판굿에 대한 것으로 추정해 볼 수 있다. 다른 지역에도 농악 관련 문서가 몇 종 있으나 대개 걸궁 관련 회의 내용이나 결산 내력, 악기 수리 등을 기록하고 있을 뿐이다. 이 자료처럼 『夜遊農樂』이란 제목을 달고 굿의 내용과 순서를 적어 놓은 자료는 흔치 않다. 필사자는 한글맞춤법과 상관 없이 소리나는 대로 적고 있다. 상쇠 정이동 씨도 그것을 정확하게 해독하지는 못한다. 원문을 사진 자료로 제시하고 읽기 쉽도록 재정리했다.

첫마당 질굿[1]을 친다. 馬上굿[2]을 친다.

도로 느린 일채[3] 자진 일채[4]를 넣으며 어우름[5]하되

한번 어울러 쟁 한번 마치고, 두 번 어울러 쟁 두 번 마치고, 세 번만에 허허굿[6]이 나오는데

그 끝에 구정놀이[7]굿을 네 바퀴 돌리면 자연 벅구놀음 되니라.

그 굿을 졸라[8] 쇠어우름을 한번 한 끝에 쟁을 달고

느린 일채, 자진 일채를 친다.

도로 어우름 하되, 한번 어울러 쟁 한번 마치고 두 번 어울러 두 번 마치고 세 번만에 군총[9]을 모아 영산[10]을 치고, 일채 한참 하다가 도로

— 1페이지

1) 첫마당 질굿 : 굿을 이뤄 이동하면서 처음 치는 질굿. 상쇠 정이동은, 이것을 사람들을 모으기 위해 치는 가락이라고 설명한다. 문서 여백에 '챈재이쟁'이란 구음이 적혀 있다.

2) 말을 타고 오는 형상을 흉내낸 굿이라고 하는데, 시각적 형상을 뜻하는 것은 아니다. 제보자는 馬上이란 말이 "이순신 장군이 말을 타고 말 위에서 들어온다"라는 뜻을 갖고 있다고 설명한다. "챈재 챈지 쟨 쟌잿 웃재/재쟨 쟌지쟨 쟌잿 웃재"를 반복한다고 말한다.

3) 여백에 '챈재지쟁 챈
재쟁'이라고 적혀 있
다. 상쇠 정이동은
징이 한번 들어가니
까 '외모리'라고 한
다고 부가 설명했다.

4) 지금의 휘모리 가락
에 해당한다. 구음은
"챈재 챈재 챈재 챈
재"이다.

5) 모든 악기를 '챈챈
챈…' 치는 것을 어
우른다고 한다. 그리
고 '쇠만 치면 쇠씨
움이고 북과 장구가
같이 치면 두드름'이
라고 말한다.

6) 여백에 '재챙 허허
채챙 이허'라고 적혀
있다. 상쇠 정이동은
이 구음을 보며 요즘
허허굿과 다른 것 같
다고 설명한다.

7) 구정놀이 : 개인놀이.
여백에 '채챙 채챙 채
재'라고 적혀 있다.

8) 이 문서에 '좔나'라
는 말이 자주 나오는
데, '몰아서 친다' 정
도의 의미인 것 같은
데, '친다'라고 풀이
하면 적절할 것 같다.
여기서도 마찬가지
로 '그 굿을 치고' 정
도로 해석할 수 있다.

9) 군총 : 치배

10) 영산 가락의 구음

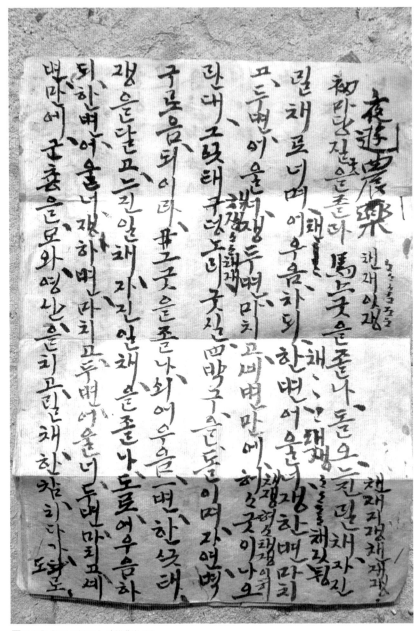

⬆ 5 고흥 월포농악 문서－夜遊農樂 1쪽

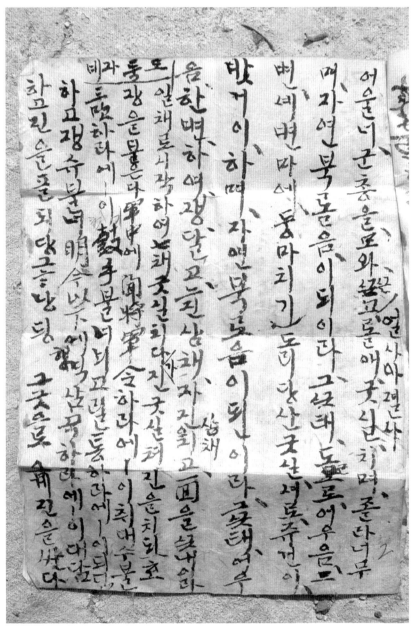

6 고흥 월포농악 문서 –夜遊農樂 2쪽

은, "챙재 잿잰 챙재
잿잰 쟁지잰 쟁잿잰
챙재 잿잰 챙재 잿잰
쟁지잔 쟁잿잰" 과
'챙재 잿잰 챙재 잿
잰 잿잰 쟁지잰 쟁잿
잰 잿잰 잿잰 쟁지잔
쟁잿잰" 두 가지가
있다고 한다.

11) 롤애굿 : 노래굿. 오
른쪽 여백에 '얼사
아 절사' 라고 적혀
있다. "어얼싸 절싸
아-좀도나 좋네" 라
고 들노래처럼 부른
다고 하며, 또 옛날
선비들 글 읽는 식이
었다고 말한다. 한
대목 하고 악기 반주
가 나오는 식이었던
것으로 보인다.

12) 졸라 : 졸아서(?),
몰아서

13) 제보자는 '도리 동
산굿' 이라고 말한다.

14) 구음으로는 "잰-재
잰지잰 잰재 웃잰/재
잰 잰지잰 잰재 웃
잰" 과 '잰지잰 잰채
잰지잰 잰채/지잰 잰
지잰 잰지잰 잰채"
등이 있다.

15) 삼채 종류가 많은데
'느진 삼채' '중 삼
채' '자진 삼채' '발
림 삼채' 등이 있다
고 한다. 그 외에 "재
들어 간다 재들어간

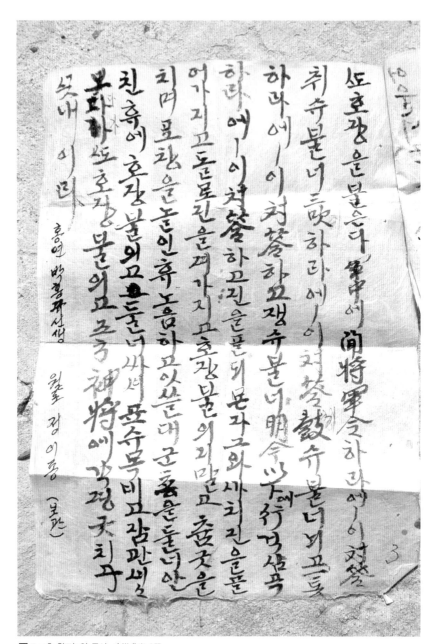

쇼호광은불은다 軍中에서

취쑤불너三吹하라에ㅣ이쳐答 間將軍令하라에ㅣ이쳐答

하라에ㅣ이쳐答하꼬쟁쑤불너明令띠에行거샴폭

하라에ㅣ이쳐答하끼고돈토진은ㅔ가지꼬ㅎ호광불의기맘꼬춤굿은

어가지고돈토진은ㅔ가지꼬ㅎ호광불의기맘꼬춤굿은

치며포광은논인휴ㅛㅇ하꼬꼬잇쓴대군ㅎㅎ은둘너안

친휴에 호광불의꼬 ㅇ둘너씨셔 뜬쑤목비꼬감판씩

포파하쇼호광 불의꼬 프극 神將에각경天치구

쏫내 이ㅁ

홍연 박흥규선생

월포 정이룡

(보판)

☝ 7 고흥 월포농악 문서-夜遊農樂 3쪽

어울러 군총을 모아 끊고

노래굿[11]을 치며 졸라[12] 넘으면

자연 북놀음이 되니라

그 끝에 도로 어우름 두 번 세 번만에 등마치기 도리당산굿[13]을

서로 주거니 받거니 하며 자연 북놀음 되니라.

그 끝에 어우름 한번 하여 쟁 달고 느린 삼채[14] 자진 삼채[15] 치고 일회를

끝내니라

일채로 시작하여 七채굿을 치다 자진 굿을 쳐 진을 치되[16]

호장을 부른다

軍中에 聞將軍令하라 "에 – 이"

취대수 불러 三吹하라 "에 – 이"

鼓手 불러내고 일통하라 "에 – 이" 대답하고

쟁수 불러 明수 以下에 행격삼곡 하라 "에 – 이" 대답하고

진을 풀되 당그랑 당 당그랑 당[17] 그 굿으로 옮겨 진을 싼다.[18]

– 2페이지

또 호장을 부른다

군중에 聞將軍令 하라 "에 – 이" 대답

취수 불러 三吹하라 "에 – 이" 대답

鼓手 불러내고 一통하라 "에 – 이" 對答하고

쟁수 불러 明수 以下에 行격삼곡 하라 "에 – 이" 對答하고

진을 풀되 먼저 그와ㅅ가치진을 풀어 가지고[19]

도로 진을 펴 가지고

호장 부르지 말고 춤굿을 치며

포창[20]을 놀린 후 놀음하고 있을 때

군총을 둘러앉힌 후에

다 콩깎자 콩깎자 재 들어간다 콩깎자", "쥐들어간다 쥐들어간다 장독 속에 쥐들어 간다", "뺏다 뺏다 하늘 보고 뺏다" 등도 삼채 구음이라고 한다. 구음의 명칭은 확인하지 못함.

16) 두 가지로 해석이 가능하다. '七채굿을 치다가 진굿을 쳐 진을 치되' 라고 띄어쓰기하면 '진굿을 친다' 라는 말이 된다.

17) 포수, 창부 등의 광대들이 투전놀이를 하다가 '당그랑 당당' 소리를 내며 놀래서 들어간다고 한다.

18) 도둑을 잡으려고 진을 싸는 장면. 도둑잡이 장면에 해당한다.

19) 먼저 그와 같이(앞의 것과 같이) 진을 풀어 가지고. '그와ㅅ가치진을풀어가지고'를 '까치진을 풀어가지고' 라고 해석할 수도 있다.

20) 포수 창부

호장 부르고 둘러 싸서 포수 목 베고

잠깐 서서 보다가

또 호장 부르고 五方神將에 각평굿 치고 끝내니라

홍연 박홍규 선생 월포 정이동(보관)[21]

– 3페이지

4) 정초의 당제와 농악 전승

월포농악은 당제와 불기분의 관계에 있다. 음력 정월 3~4일에 당맞이굿, 선창굿, 간척지 제굿, 당제와 제굿, 마당밟이, 문굿 등이 연행되는데 이와 같은 연행의 중심에 당제가 있다. 그리고 정월 열흘 무렵에 날을 받아 제굿과 헌식을 하면 전체적인 순서가 끝나게 된다. 이것으로 볼 때, 월포농악은 정월 세시 풍속 속에서 이루어지는 공동체적 제의이자 예술 연행이라고 할 수 있다.

월포 사람들은 마을의 안녕과 풍년을 빌기 위해 당제를 모시고 풍물을 쳐왔다. 일반적인 연희나 오락이 아니라 공동체 수호와 관련된 연행이므로 더 엄정하고 정성스럽게 전승해왔다고 할 수 있다. 이런 점에서 월포농악의 전승기반은 세시풍속이라고 할 수 있다. 곧, 매년 정초에 이루어지는 당제가 있어 농악이 지속될 수 있었던 것이다.

농악의 내용을 파악하기 전에 당제에 대해 살펴볼 필요가 있다.

(1) 당제의 유래와 제당, 신격

월포 당제에서는 당할머니를 모신다. 이 당제의 유래에 대해서는 다음과 같은 구전이 전한다.

원래 우리 부락에서 이 당제를 모신 것은 중간에 와서 모셨어요. 한 백기

십 년밖에 안 돼요. 우리 문화재 상쇠 영감(최병태 씨) 선친께서, 신촌리
금진서 계시다가 소시 때 금진에서 굿을 쳤어요. 결혼을 어디로 했냐믄 월
포부락 전씨 가문에 출가를 했어요. 장가를 와가지고 처갓집이 부하게 잘
살아요. 그래서 처갓집 근처에 와 가지고 당제를 모시게 됐습니다. 금진서
할머니를 모셨답니다. 당할머니를 모셔와서 거기서 이전에는 돌 밑에다가,
정초가 되믄 마람 그걸 갖다 치고 바람이 부니까 우게 치고 해가지고 하다
가, 근래에 와가지고는 벽돌로 싸서 집을 만들었제.

- 2007년 11월 1일~2일 정이동 외

당집은 마을 왼편 산 속에 있다. 상량문에 의하면 1967년檀紀 四千參百年 丁
未九月에 건립된 것으로 나와 있다. 정월 3일에 이 당집 안에 상을 차리고 당할

⬇ 8 월포마을 당집
(2008년)

머니에게 제를 올린다. 당집 안에는 제의 관련 물품이 따로 없다. 당집 밖에는 할머니를 모시고 온 사자(3명)를 위한 제단이 있다.

(2) 제관 선정과 금기

예전에는 당제 십일 전쯤에 별도의 회의를 열고 생기복덕을 가려 제관을 선발했다. 제주 한 명과 집사 두 명을 선발한다. 제주는 특히 엄정한 기준으로 선발한다. 제주는 상을 당하지 않고 출산이 없고 집안이 편안하고 몸이 건강한 사람을 가려 뽑는다. 제주는 엄격하게 금기를 지키며 당제를 수행했다. 3일 동안 바깥출입을 하지 않고, 화장실에 다녀오면 찬물에 목욕하고 정성을 들이고 조심했다.

요즘에는 과거처럼 제관을 선발하지 않고 이장이 제주를 맡고, 영농회장과 어촌계장이 집사를 맡는다. 금기도 당제를 모시는 당일만 지킨다. 그렇지만 정성을 다해 제를 모시는 것은 동일하며, 마음가짐을 정결히 해서 제를 준비해서 모시고 있다.

과거에는 제주가 고생을 많이 했으므로 제주에게 보상 차원에게 김발 자리를 50m 줬다. 제주에게 건홍 자리를 먼저 배정해서 공동체 차원의 보상을 해 줬던 것이다. 요즘에는 김양식을 하지 않으므로 현금으로 20만원의 수고비를 준다.

농악을 치는 군총들도 목욕재계를 한다. 상을 당한 사람이나 임산부가 있는 사람, 심지어는 송아지를 출산한 경우라도 '거리낌'이 있으면 농악을 치러 나가지 않는다. 그리고 정성을 들이기 위해 먼저 세수를 하고 농악을 치러 나간다.

(3) 당제의 준비

섣달 그믐날 제주 집에 금줄을 치고 대문 앞에 황토를 놓는다. 또 제주 집에서 가까운 우물에도 금줄을 친다. 당제 모시는 당일에는 주민들이 외지 출입을 삼가고 바닷일도 금한다. 마을 책임자가 장을 봐서 제주 집에 넣어주면 제주

9 제관댁 문 앞에 쳐 놓은 금줄(2008년)

집에서 제물 준비를 한다. 녹동장을 주로 이용하며, 구입 물품은 건어물, 과일, 소지용 백지 등이다. 제물을 장만할 때는 정성을 기울여서 준비하며, 머리카락이라도 들어가게 된다면 버리고 새로 장만해야 한다. 제물 장만에 들어가는 비용은 마당밟이 등으로 모아놓은 마을 공동자금에서 충당한다.

제를 모시는 날 낮에 제주와 집사가 당집에 올라가는 길과 당집을 청소한다. 2008년에는 제주, 집사, 반장 등이 낫, 톱, 빗자루 등을 갖고 가서 길가의 풀과 나무를 베어내고 당집을 깨끗하게 청소했다. 그리고 당 앞에 있는 잡목들을 모두 제거했는데, 이는 저녁에 불로 신호를 보낼 때 마을에서 잘 볼 수 있도록 하기 위해서라고 한다.

(4) 당제의 진행

저녁 10시경에 제주와 집사 일행이 제물을 들고 당으로 올라간다. 이들은

⬆ 10 당집에 오르는 길
을 청소하는 장면(2008
년)

찬물에 목욕을 하고 당으로 이동한다. 당에 올라가 진설을 하고 마을에 제 모
실 준비가 됐다는 신호를 보낸다. 과거에는 횃불로 신호했으나 요즘에는 후래
쉬로 신호를 보낸다. 마을에서는 농악대가 당의 불빛이 바라보이는 곳에서 대
기하고 있다가 당에서 보내는 신호를 보고 그것에 맞춰 제굿을 친다.

　　제물을 차려놓고는 신호를 해줘요. 그때 굿이 시작을 해. 거그서(농악대
가) "쟁쟁쟁쟁……" 하믄 절 할 시간이여. ……한번 메를 올려놓고 절을 한
다음에 그것이 두 번차. 첫째는 빈 잔만 놓고 '절을 올리겠습니다.' 하고 절
을 한 번 하고, 다시 진설해놓고 식혜 올리고 절을 하고 그 다음에 축문을 읽
지요. 축문을 다 읽고 승능을 드리고 동시고 복개를 덮고 절을 한 번 하고,
제사는 끝이 난 거지요. 절은 세 번해요. …… 우리 제사 절 하고 굿하고 맞어

↑ 11 당제를 마치고 마을로 내려오는 제관들 (2008년)

떨어져야 해. 글 안 하믄 제사가 빠르든지 굿이 빠르든지 하면은 우리가 조절해. 우리가 굿을 들어요. 우리는 굿머리를 아니까. 그라고 제사하고 우리 굿이 얼추 맞아떨어져야만 "그나 아 참 맞아떨어진다" 이라거든요. [올해는 어땠습니다?] 맞아떨어졌어요.

– 2008년 2월 9일 김용실(이장, 제주) 외

소지는, 마을의 주요 인사들, 이장, 개발위원장, 지도자, 영농회장, 어촌계장 등을 위해 먼저 올리고, 이어 한 호씩 거명하면서 올린다. 소지를 올리면서 주민들의 건강과 객지 나가 있는 자녀들의 안녕을 빈다. 70장 정도의 소지를 다 올리고 나면 제굿이 얼추 끝나게 된다고 한다.

당에서 모시는 제사와 풍물패의 제굿은 동시에 진행된다. 위의 말처럼 당에 올라가 있는 제관 일행은 제굿을 들으면서 그 굿에 맞춰 술을 따르고 절을 하며 제사를 모신다. 제사와 제굿이 비슷하게 마무리되는 것을 좋게 여기고 있다.

당제를 모시는 당집에는 제관 외의 주민이나 외부인은 접근이 허용되지 않는다. 2008년 현지답사 때 조사자의 당제 참관 가능 여부를 물었으나 원로들로부터 허락을 얻지 못했다. 엄격하게 규율을 지키며 정성을 다해 당제를 모시는 전통이 지속되고 있음을 알 수 있다.

5) 월포농악 보존회

현재 월포농악을 이끌고 있는 상쇠는 정이동다. 정씨는 선임 상쇠들이 예능을 물려받아 현 상쇠로 활동하고 있다. 19세 무렵 마을 농악대에 북수로 참여했고, 20여년 전부터 전임 상쇠인 최병태를 보좌하는 종쇠 역할을 하면서 월포농악을 주도적으로 전승하고 있다. 그는 악기를 다루는 솜씨도 뛰어나고 그것을 이론적으로 정리하는 능력도 갖추고 있다. 농악 가락들을 정리해서 「고흥 월포농악」이란 소책자를 발간하기도 했다. 2003년 예능보유자 최병태의 사망 이후, 월포농악 상쇠를 승계받고 2005년에 예능보유자로 지정되었다.

12

12 월포농악 보존회 사무실과 전수관
13 고흥 군민의날 행사에 참석한 보존회원들(2007. 11. 01)

보존회원 명단

번호	성명	출생년도	역할	비고
1	김종배	1936		보존회장
2	김동주	1964		총무
3	황영식	1944		회원
4	진칠환	1931		회원
5	한인택	1944		회원
6	최재복	1947	기수	
7	진재윤	1936	기수	
8	최계홍	1942	기수	
9	황재실	1940	기수	
10	최재식	1944	기수	
11	정이동	1929	상쇠	기능보유자
12	진삼화	1943	종쇠	전수조교
13	진승래	1961	끝쇠	
14	김금암	1932	쟁	전수장학생
15	진현주	1968	쟁	전수장학생
16	김용실	1944	쟁	
17	최기홍	1942	쟁	
18	진팔환	1935	장구	
19	황재섭	1944	장구	
20	박미정	1967	장구	전수장학생
21	김기연	1938	북	
22	선천열	1931	북	
23	신상무	1944	북	
24	박대신	1943	북	
25	황재창	1943	북	
26	한신택	1948	북	
27	김형석	1936	북	
28	김인구	1937	북	
29	김원종	1963	북	전수장학생
30	김용식	1941	북	

번호	성명	출생년도	역할	비고
31	황성남	1948	북	
32	공삼심	1947	소고	
33	류후남	1944	소고	
34	이삼례	1955	소고	
35	김정아	1948	소고	
36	명안자	1956	소고	
37	김옥순	1957	소고	
38	김진아	1968	소고	
39	안은자	1971	소고	
40	김연화	1949	소고	
41	김미자	1949	소고	
42	진춘자	1946	소고	
43	김순지	1947	소고	
44	김안수	1948	포창	
45	정중정	1938	중	

월포농악은 무대에서 공연되는 별도의 예능이 아니라 세시풍속상의 제의이자 놀이로 존재해왔다. 월포농악은 매년 음력 정월에 펼쳐지는 마을 축제 기간에 연행되었다. 그러므로 월포농악의 전승 배경과 유래는 주민들의 생활과 세시풍속이라고 한 수 있다. 다시 말하면 월포 사람들이 마을을 이루어 살면서 공동체의 안녕을 축원하기 위해 당산제를 모시고 풍물을 치기 시작하면서 월포농악이 시작되었다고 할 수 있다. 이런 점에서 본다면, 월포농악의 유래는 마을 공동체의 역사와 함께 있다고 할 수 있을 것이다. 한편 월포농악의 연행 종목 중의 하나인 문굿의 경우 특별한 유래가 전한다. 문굿은 멍기를 세워 놓고 그 앞에 늘어서서 상징적인 행위들을 반복하면서 다채로운 가락을 연주하는 굿이다. 월포 사람들은 이 문굿이 군법의 엄격함과 통한다고 설명한다. 그리고 그 근원에는 수군 군영(軍營)에서 사용하던 군악이(軍樂이) 있다고 말한다. 전라좌수영 관할 오관오포의 수군들이 사용하던 군악으로부터 문굿이 유래되었다는 것이다.

월포농악의 연행양상과 가락

3. 월포농악의 연행양상과 가락

1) 월포농악의 구성과 복색

농악대의 구성은 연행상황에 따라 달라질 수 있다. 무형문화재 지정 심사를 받을 당시(1993년 11월 22일) 월포마을 현지에서 연행될 때의 구성을 살펴보기로 한다.

> 덕석기-1, 농기-1, 농악기-1, 영기-2
> 쇠-4, 농부-2, 징-3, 장구-3, 북-5, 벅구-11, 소고-14, 잡색-2
> (대포수, 양반)

덕석기는 과거에는 없던 것인데 1990년대 초에 대회에 나가면서 제작한 것이다. 가로 340㎝ 세로 283㎝의 크기로 청룡과 황룡, 거북, 물고기 등의 그림이 그려져 있다. 농기는, 과거에는 창오지에 "농자천하지대본"이라 써서 들고 다녔던 것인데, 덕석기 제작시에 새로 만들었다. 크기는 가로 80㎝ 세로 283㎝이다. 붉은 천에 "농자천하지대본農者天下之大本"이라 쓰고 있다. 농악기는 흰 바탕의 천에 "고흥농악高興農樂"이라 쓴 기이다. 그리고 영기는 청색 천에 "令"이라 쓴 깃발로 삼지창에 달고 있다.

쇠잽이의 복색에서 상쇠, 부쇠, 끝쇠의 복색은 구분되지 않고 동일하다. 흰 바지 저고리를 입고, 저고리 위에는 팔꿈치 윗 부분에 황색, 청색 띠가 둘러져 있는 빨간색 쾌자를 입었다. 어깨에 띠를 두르지 않고 있으며, 허리에만 황색 띠를 띠고 있다. 쾌자 등쪽에는 청색과 홍색 띠가 늘어져 있어 뒤에서 보면 허리의 황색 띠까지 합해 청색, 황색, 홍색의 삼색 띠가 늘어져 있는 것으로 보인다. 쇠잽이들은 머리에 부들상모를 착용하고 있다.

⬆ **14** 덕석기(2008년)

농부는 쇠잽이와 똑같은 복장으로 상쇠 뒤를 따르며 상쇠가 하는 대로 흉내를 내는 역할을 한다. 대개 열 살 전후의 끼 있는 소년 중에서 선발한다. 농부는 상쇠의 흉내를 내면서 춤사위, 상모놀이, 진풀이, 농악의 전체 진행 등을 익힌 뒤 쇠잽이가 된다. 과거의 쇠잽이들은 모두 이런 과정을 거쳤다고 한다.

농부의 복색은 쇠잽이들의 복색과 동일하다. 농부는 악기를 다루지 않는 대신 등쪽에 늘어져 있는 띠를 양속에 하나씩 잡고 춤을 추면서 상쇠가 하는대로 상쇠의 일거수 일투족을 그대로 흉내내고 다닌다.

징, 장구, 북, 벅구, 소고잽이들의 복색은 동일하다. 흰 바지 저고리를 입었으며, 청색

⬆ 15 영기를 들고가는 모습(2008년)

조끼를 착용하고 있다. 쇠잽이과 달리 삼색 띠를 두르고 있는데, 왼쪽 어깨에 홍색, 오른쪽 어깨에 황색, 허리에 청색 띠를 두르고 있다. 쇠잽이들의 상모와 달리 이들은 고깔을 쓴다.

벅구는 북보다 작고 소고보다는 조금 큰 악기이다. 북은 최근에 들어 치기 시작한 것이고, 과거에는 북보다 이 벅구를 주로 쳤다. 소고는 여자들이 치고 있는데, 원래 농악대에 여자가 끼지 않았으나 최근 들어 사람이 부족해 여자들이 하게 된 것이다.

대포수는 머리에 "大將軍"이라 쓰여진 대포수관을 쓰고, 어깨에는 꿩과 짚신이 매달린 망태를 짊어지고, 손에는 총을 들고 있다. 그리고 양반은 흰 색 도포를 입고 관을 쓰고, 손에는 부채를 들고 있다.

16 상쇠 앞모습(최병태 전 상쇠)
17 상쇠 뒷모습

18 장구 앞모습(2008년)
19 장구 뒷모습(2008년)

2) 월포농악의 연행양상

월포마을의 농악은 크게 당산굿, 제굿, 마당밟이[뜰볿이], 판굿, 문굿 등이
전승되고 있다. 이러한 각각의 굿판은 마을의 공동제의인 당제와 헌식 기간에
집중적으로 연행된다. 정월 초사흗날에는 마을 사장나무 앞 당산굿[당맞이굿],
선창굿, 간척지 제굿, 마당밟이, 문굿, 당제와 제굿 등이 연행된다. 그리고 정월
열흘을 기준으로 날을 받아 제굿과 헌식이 이루어진다. 이 중에서 판굿은 전승
이 거의 중단된 상태이고, 마당밟이는 특별한 요청이 있을 경우에 연행된다. 현
재 전승되는 농악과 전승이 약화된 농악이 존재하는 것이다. 따라서 여기서는
현재 연행되는 굿판을 중심으로 기록하되, 전승이 약화된 굿판의 경우 면담을
통해 재구성하기로 한다. 2008년 2월 9일[음력 1월 3일] 고흥 금산면 신평리

월포마을에서 진행된 당제와 당산굿, 제굿, 문굿 등을 중심으로 기록한다.

연행내용은 상쇠 정이동 어르신의 〈자필가락보〉와 면담, 현장의 연행 기록을 중심으로 정리하고자 한다. 정이동 어르신이 직접 기록한 〈자필가락보〉에는 각각의 세부 절차와 명칭를 정확하게 기술되어 있다. 그러나 〈자필가락보〉에는 각각의 절차가 굿거리별로 정리되어있지 않고, 전체 절차가 순서대로 기재되어 있다. 따라서 각각의 절차별로 시작과 끝을 정확히 구분하기 어렵다. 이것은 〈자필가락보〉 기술 방식의 문제가 아니라, 월포농악의 가락 구성이 복잡하게 얽혀있기 때문이다. 복잡하다고 해서 체계가 없는 것은 아니다. 오히려 복잡하게 얽혀있는 절차들을 빠짐없이 치고 있기 때문에 더욱더 엄격한 체계 속에서 연행되는 것으로 보인다. 그러나 정리를 위해서 일정한 기준을 세워 절차를 구분하도록 한다. 대부분의 굿거리가 중간 단계는 복잡하게 얽혀있지만, 마지막에는 항상 이채나 쇠싸움 등의 가락으로 마무리 짓고 있다. 따라서 이를 기준으로 절차를 구분하기로 한다. 다만, 각 절차의 명칭은 해당 절차 중 대표될 수 있다고 생각되는 굿거리 이름을 부여하기로 한다.

(1) 당산굿[당맞이]

월포마을의 당산굿은 '당산신을 맞이하는 굿'으로서 일명 '당맞이'라고 불린다. 당제를 지내는 정월 초사흗날 가장 먼저 치는 굿이 당산굿이다. 당산굿은 두 곳에서 연행되는데, 첫 번째 당산굿은 마을 입구 당터[사장나무 앞]에서 산 중턱에 있는 당을 향해 치는 당산굿이다. 이 당산굿은 당산할머니에게 절을 하는 것으로서 "오늘 당산을 맞습니다."라는 의미를 지닌다. 두 번째 당산굿은 마을 선착장으로 이동해 바다를 바라보고 치는 당산굿이다. 이 당산굿은 바다의 용왕신에게 어업활동과 관련해 "해상 사업 잘 해주십쇼."라고 기원하는 의미를 지닌 굿이다. 선착장에서 치는 당산굿의 경우 '당맞이'라는 개념이 명확하게 드러나지 않지만 이것 또한 '선창에서 당산을 맞는 것'이라고 한다.

당산굿의 연행내용에 따라 당산굿과 흘림당산굿으로 구분된다. 하나는 본

🔶 22 당산굿(1993년)

래 정해진 당산굿 절차를 빠짐없이 연행하는 '당산굿'이고, 다른 하나는 당산
굿 절차 중에서 벅구놀이를 제외시키고 연행하는 '흘림당산굿'이다. 마을의
당을 향해 치는 당산굿에서는 본래의 '당산굿'을 치고, 선착장에서의 당산굿
은 '흘림당산굿'을 친다. 흘림당산굿의 경우 마당밟이 때 뒤안에서 치는 철령
굿으로 사용된다. 같은 당산굿이지만 대상과 공간에 따라 연행 내용이 달라지
는데, 구체적인 이유는 알 수 없다.

당산굿과 흘림당산굿의 절차

당산굿	외채굿 – 헐미사질굿 – 절갱굿 – 구정놀이 – 너나리굿 – 영산다드래기
흘림당산굿	외채굿 – 헐미사질굿 – 절갱굿 – – 너나리굿 – 영산다드래기

① 마을 사장나무 앞 당산굿

오전 10시 10분 마을 입구에 위치한 '고흥월포문굿 전수관' 앞에서 굿을 시작해서 '헐미사 질굿'을 치며 바로 앞에 있는 당터로 이동해 당산굿을 쳤다. 전수관이 없었을 때는 마을 동각에서 굿을 시작했다. 당산굿을 치는 장소를 '당터'라고 부르고 당산나무 형태의 사장나무[정자나무]가 있어서 별도의 의미가 있을 것으로 짐작되지만, 마을 사람들은 마을 제당을 향해 굿을 치는 것일 뿐 장소에 특별한 의미는 없다고 한다. 당산굿의 전체적인 순서는 상쇠 정이동 어르신이 기록한 가락보의 순서와 거의 일치했다.

당산굿 절차와 가락(상쇠 정이동이 정리한 절차와 가락)

절차	가락
외채굿	쇠싸움(딱징1회)―외채―이채(딱징1회)
헐미사질굿	헐미사질굿―외채―이채―쇠싸움(절 2배, 딱징1회)―예절굿
절갱굿 [주행굿]	이채(딱징1회)―주행굿―쇠싸움―이채―쇠싸움―갈림쇠―이채―쇠싸움(딱징1회)―갈림쇠―이채―쇠싸움(딱징2회)―갈림쇠―이채
구정놀이 [벅구놀이]	느린삼채―중삼채―외채―이채―자진삼채―음마깽깽―이채―음마깽깽―이채―음마깽깽―이채―쇠싸움(딱징3회)
너나리굿	너나리굿[느린삼채]―외채―이채―중삼채―음마깽깽―이채―된삼채―음마깽깽―이채―음마깽깽―이채―음마깽깽―이채(딱징3회)
영산다드래기	영산다드래기―진풀이굿―외채―이채―쇠싸움―예절굿―이채―쇠싸움―예절굿

2008년 2월 9일 당산굿 절차와 가락

절차	가락
외채굿	쇠싸움―외채―이채(딱징1회)
헐미사질굿	헐미사질굿―외채―이채―쇠싸움(절 2배)―(생략)
절갱굿 [주행굿]	이채―주행굿―쇠싸움―이채―쇠싸움―갈림쇠―이채―쇠싸움(딱징1회)―갈림쇠―이채―쇠싸움(딱징2회)―갈림쇠―이채
구덕놀이 [벅구놀이]	느린삼채―중삼채―외채―이채―자진삼채―음마깽깽―이채―음마깽깽―이채―(생략)―쇠싸움(딱징3회)

절차	가락
너나리굿	너나리굿[느린삼채]-외채-이채-중삼채-음마깽깽-이채-된삼채-음마깽깽-이채-음마깽깽-이채-음마깽깽-이채(딱징3회)
영산다드래기	영산다드래기-진풀이굿-외채-이채-쇠싸움-예절굿-(생략)

굿을 치는 군총들이 복색을 착용하고 전수관 앞 마당으로 모이면 쇠싸움 가락을 내서 굿을 시작한다.

가. 〈외채굿〉을 치면서 반시계방향[22]의 원진을 한다.

나. 〈헐미사 질굿〉을 치면서 전수관 앞 당터로 이동한다. 〈헐미사 질굿〉을 마치면서 당을 향해 일렬로 서서 절을 두 번 한다.

다. 〈절갱굿〉에서 주행굿 가락을 치며 원진을 한 바퀴 돌고, 이후 다시 당을 향해 일렬로 정렬한다. 〈절갱굿〉을 치는 동안 상쇠는 쇠를 치면서 보풀놀이[상모놀음]을 한다. 여기서 〈절갱굿〉은 "당산을 맞습니다."라는 의미의 절차로서 〈절갱굿〉을 치기 전에 당을 향해 절을 하는 것과 관련된다. 여기서 〈절갱굿〉은 〈주행굿〉이라고도 한다.

라. 〈구정놀이(구덕놀이)〉는 벅구를 중심으로 장구와 소고, 쇠 등이 가운데로 나와서 개인기량을 펼치는 개인놀이다.[23] 여기서는 특히 벅구가 나와서 가락을 치며 기량을 선보이는 것이 특징이다. 이때 느린삼채, 중삼채, 된삼채 가락이 들어가야 한다. 이날 연행에서는 비교적 간략히 벅구, 장구, 쇠 순으로 놀이가 진행됐다.

마. 〈너나리굿〉을 치면서 상쇠의 개인놀이가 시작된다. 〈너나리굿〉을 칠 때 상쇠는 쇠를 치지 않고 발림이나 상모놀음을 한다. 느린삼채 가락을 칠 때는 양 손을 들고 발림을 하다가 이후 중삼채와 된삼채 가락에서는 보풀놀이를 한다. 여기서 상쇠는 가락을 치지 않고 신호를 통해서 가락을 넘기는데, 발림을 할 때는 쇠채에 달린 천을 흔들어 신호를 하고 보풀놀이를 할 때는 상모를 뒤로 세웠다가 앞으로 내리는 것으로서 신호를 한다. 된삼채까지 이러한 형태로

22) 월포농악의 원진은 대부분 반시계방향이다. 이는 타 지역에서도 마찬가지다. 따라서 이후 별도의 언급이 없이 '원진'이라는 용어를 사용할 경우 '반시계방향 원진'임을 밝혀둔다

23) 구덕놀이는 개인놀이로서 호남지역의 '군영놀이', '구정놀이' 등과 연행 현태가 같다.

23 마을 뒤의 당을 바라보고 당산굿을 치는 장면(2008년)
24 당산굿에서 벅구놀이(2008년)
25 당산굿에서 영기수들의 모습(2008년)

◀▶ 26~27 너나리굿
에서 상쇠놀음(2008년)

굿을 진행하다가 음마갱갱 가락으로 넘어가면 상쇠가 상모놀음을 마치고 다시 가락을 친다.

바. 〈영산다드래기〉를 하면서 원진을 하다가 굿을 맺는다.

② 선창굿(선창에서 당산굿)

오전 10시 30분 경 선창굿을 시작했다. 선창에서의 당산굿은 당터에서와 마찬가지로 '당산을 맞이하는 굿'인데, 여기서는 "(배를 타고)일 년 열두 달 내 동서남북 사방으로 댕기더라도 사고 없이 무사고로 해주쏘."라는 의미로 굿을 친다고 한다. 당터에서의 당산굿과 다른 점은 벅구놀이를 하지 않는 점이다. 앞에서 언급했듯이 벅구놀이를 제외한 당산굿은 '흘림당산굿'이라고 한다. 따라서 선창에서는 흘림당산굿을 친다.

보통 선창에서 당산굿을 친 다음에는 뱃굿을 치는데, 마당밟이처럼 배 주인이 원하는 경우에 한해서 뱃굿을 친다. 2008년의 경우 뱃굿을 쳐달라고 하는 사람이 없어서 별도로 뱃굿을 치지 않았다. 2008년 당제 기간에 연행한 선창 굿은 다음과 같다.

28 선착장 조성 당시의 선창굿
29 선창굿(1993년)
30 선창굿을 마치고 뱃굿을 치는 장면

2008년 2월 9일 선창 당산굿 절차와 가락

절차	가락
외채굿	쇠싸움-(생략)-이채
헐미사질굿	헐미사질굿-외채-이채-쇠싸움-예절굿
절갱굿 [주행굿]	이채(딱징1회)-주행굿-쇠싸움-이채-쇠싸움-갈림쇠-이채-쇠싸움(딱징1회)-갈림쇠-이채-쇠싸움(딱징2회)-갈림쇠-이채-쇠싸움(딱징3회)
생략	
너나리굿	너나리굿[느린삼채]-외채-이채-중삼채-음마깽깽-이채-된삼채-음마깽깽-이채-음마깽깽-이채-음마깽깽-이채(딱징3회)
영산다드래기	영산다드래기-진풀이굿-외채-이채-쇠싸움-예절굿-(생략)

　가. 〈이채굿〉은 당터에서 당산굿을 마친 후 선창으로 이동하기 전에 쳤다. 〈이채굿〉을 치게 되면 쇠싸움과 외채 등이 들어가는데, 이 날은 이것을 간소화하여 외채나 딱징 등의 가락을 생략했다.

　나. 〈헐미사질굿〉은 마을에서 선창까지 이동할 때 치는 굿이다. 그러나 2008년에는 마을 앞 간척지까지만 걸어서 이동했다. 굿을 마무리 짓는 쇠싸움 가락을 칠 때 절을 해야 하는데, 이날은 절을 하지 않고 예절굿을 치고 마쳤다. 이것은 선창에 도착한 후 굿을 마치면서 절을 해야 하는데, 선창까지 가지 않고 중간에 굿을 마쳤기 때문에 절을 하지 않은 것으로 짐작된다. 굿을 마치고 군총들이 모두 트럭에 올라타서 선창까지 이동했다.

　다. 선창에 도착해서 〈절갱굿〉을 쳤다. 처음 이채로 시작해서 굿을 이룬 후 주행굿 가락을 치면서 원진을 한다. 주행굿 가락 다음 순서부터는 제자리에 선 상태에서 가락을 연주한다. 이때 상쇠가 보풀놀이를 해야 하는데, 흘림당산으로 간단히 치기 때문에 보풀놀이도 생략하고 전체적인 순서를 짧게 진행했다.

　라. 선창에서는 흘림당산굿을 치기 때문에 〈구정놀이〉 절차를 생략했다.

　마. 〈너나리굿〉을 치면서 상쇠가 개인놀이를 하는데, 전체적인 과정을 축소하면서 절차에 맞춰 가락만 연주했다.

바. 당터에서는 원진을 하면서 〈영산다드래기〉 절차를 진행했는데, 선창에서는 제자리에 서서 가락만 연주했다. 또, 진풀이굿 등의 가락도 생략했다.

31 선창장으로 이동 (2008년)
32 트럭을 타고 선창으로 이동
33 선창으로 이동중
34 선창굿(2008년)

(2) 샘굿

샘굿은 당터에서의 당산굿을 친 후에 친다. 과거에는 마을에 공동우물이 있어서 샘굿을 꼭 쳤으나, 현재는 우물이 없기 때문에 생략한다. 샘굿을 연행하지 않기 때문에 면담을 통해서 조사한 내용을 간략히 기술한다.

샘굿은 '샘굿-외채-이채-쇠싸움(절, 딱징)'의 형태로 구성되고, 샘굿을 친

▶ 35 샘굿(1993년)

후 영산다드래기 가락을 친다. 모든 굿을 마칠 때는 영산다드래기를 쳐야하기 때문에 샘굿을 마칠 때에도 영산다드래기를 친다. 샘굿 가락은 '물주소 물주소 샘각시 물주소' 라는 구음의 가락으로, 이 가락을 치면서 원진을 하다가 제자리에 서서 절을 하고 영산다드래기를 친다.

(3) 제굿

제굿은 당제를 지낼 때와 간척지에서 굿을 칠 때 연행된다. 당제를 지낼 때의 제굿은 제관이 당에서 제사를 지낼 때 마을에서 당을 바라보고 제굿을 친다. 당제를 지낼 때는 군총들이 당에 올라가는 것이 아니기 때문에 제관들이 제사 진행상황을 불빛으로 신호하면 마을에서 그에 맞춰 제굿을 친다. 그리고 간척지에서는 제굿을 치는 중간에 간단히 제물을 차려놓고 절을 한다. 당제에서의 제사와 제굿은 '당할머니' 에 대한 의례이고, 간척지에서의 제굿은 '토지지신' 에 대한 의례라고 한다. 간척지의 경우 20여년 전에 만들어진 것이기 때문에, 간척지에서의 제굿 또한 20여년 전부터 연행한 것이다.

당제를 지낼 때 제관들이 제물을 진설한 후 불빛으로 신호를 한다. 과거에는 햇불로 신호를 했는데, 요즘에는 후레쉬로 신호를 한다. 불빛으로 신호를 하는 것은 '제물 진설을 마치고 제사를 시작한다'는 의미다. 따라서 이 신호에 맞춰 굿을 치는데, 당에서의 제사와 마을에서의 제굿이 같은 시간에 시작해서 같은 시간에 마치게 한다. 불빛으로 신호를 하는 것에 대한 마을사람들의 의견을 들어보면 다음과 같다.

[불로 신호하는 것은 언제에요?] 그것은 우리가 "진설이 다 됐습니다. 제사 절을 올릴랍니다." 하면서 불을 하면 우리 제사 절하고 굿하고 맞어떨어져야 돼. 굿 안하믄 제사가 빠르던지 굿이 빠르던지 하믄은 거그서 우리가 늦게 시작하거든요. 우리가 굿을 들어요. 우리는 굿머리를 아니까 제굿이라고 그것은 어느 정도 거스기 했지요. 그대로 제굿을 친거이지요. 거기에 딱 맞춰서 한거 아니고 우리가 빠를 수도 있고, 늦을 수도 있고. 그라고 제사하고 우리 굿이 얼추 맞어떨어져야만이 "그나 아~ 참 맞어떨어진다." 이라거든요. [올 해는 어땠습니까?] 맞어떨어졌어요.

제굿에서 또 다른 특징은 〈너나리굿〉을 4회에 걸쳐 반복하는 것이다. 그런데 당제를 지낼 때의 제굿에서는 〈너나리굿〉을 4회 동안 연주하는데, 간척지에서 제굿을 칠 때는 〈너나리굿〉을 1회만 연주한다.

_당제에서의 제굿

저녁 8시 40분 경 군총들이 보존회 사무실에서 악기를 챙겨 제굿 칠 장소로 이동했다. 제굿을 칠 사람들은 집에서 목욕을 하고 나오거나 그렇지 않으면 세수를 하고 나온다. 집에서 씻지 않고 나온 사람들은 보존회 사무실 앞에 있는 수돗가에서 간단히 손을 씻는다.

절차	가락
① 외채굿	쇠싸움—외채—이채(딱징1회)
② 절갱굿 [주행굿]	주행굿—쇠싸움—이채—쇠싸움—갈림쇠—이채—쇠싸움(딱징1회)—갈림쇠—이채—쇠싸움(딱징2회)—갈림쇠—이채—쇠싸움(딱징3회)
③ 너나리굿	너나리굿(느린삼채)—외채—이채—느린삼채—이채—중삼채—이채—사채—이채—오채—이채(딱징3회)
④ 너나리굿	너나리굿(느린삼채)—외채—이채(딱징1회)—쇠싸움(절 1배, 딱징3회)
⑤ 너나리굿	너나리굿(느린삼채)—외채—이채(딱징1회)—쇠싸움(절 2배, 딱징3회)
⑥ 너나리굿	너나리굿(느린삼채)—외채—이채—삼채—음마깽깽—이채—음마깽깽—이채—음마깽깽—이채(딱징3회)
⑦ 영산다드래기	영산다드래기—진풀이굿—외채—이채(딱징1회)—예절굿

제굿을 치는 장소는 당이 잘 보이는 곳으로서 마을 입구쪽에 있는 창고 앞이다. 이 장소가 별도의 의미는 없고, 다만 당이 잘 보이고 바람을 잘 막아주기 때문이다. 과거에는 해변가에 있는 '건장' 즉, 해태를 말리는 건조장[마람으로 엮은 덤장]에서 바람을 피하고 있다가 당의 신호에 따라 제굿을 쳤다.

제굿 칠 장소에 도착하면 앞에 모닥불을 피워놓고 당에서 신호를 보낼 때까지 기다린다. 당에서 제물 진설을 마치고 후레쉬로 신호를 하면 그때부터 제굿을 친다. 이날 저녁의 제굿은 상쇠 정이동이 정리한 가락보와 일치했다.

당에서 후레쉬로 신호를 하면 제굿을 치기 시작한다. ①~⑥의 절차를 진행하는 동안 당을 향해 일렬로 선 상태에서 굿을 친다. 중간에 ④와 ⑤의 〈너나리굿〉 마지막에 쇠싸움 가락을 치면서 절을 한다. ④에서는 절을 한 번 하고, ⑤에서는 절을 두 번 한다. 이후 ⑦에서 진풀이굿을 치면서 원진을 한다. 제굿 전체 과정이 끝나면 더 이상 악기를 치지 않고 조용히 마을로 이동한다. ③ 〈너나리굿〉의 경우 느린삼채가 두 번 들어간다. 〈너나리굿〉을 느린삼채 가락이라고도 하는 것으로 볼 때 〈너나리굿〉이 두 번 들어가는 것으로 볼 수도 있다. 그러나 상쇠 정이동의 가락보에 의하면 느린삼채를 〈너나리굿〉이라고 표기할

36 모닥불을 피워놓고 대기중인 군총들(2008년)
37 당에서 신호가 오기를 기다리는 군총들(2008년)
38~41 제굿을 치는 군총들(2008년)

경우 두 개의 명칭을 함께 명시하고 있는데, ③에서는 별도로 두 명칭을 함께 기입하지 않고 있다. 또한, 하나의 절차를 마무리지을 때는 쇠싸움 가락을 치거나 딱징 가락을 치는데, 여기서는 그러한 절차 없이 바로 느린삼채 가락으로 넘어간다. 따라서 ③에서 두 번째 느린삼채는 너나리굿의 부속된 과정으로 볼 수 있다.

_ 간척지굿(간척지에서 제굿)

간척지에서의 제굿은 오전 10시 50분 경에 시작됐다. 선창굿을 마친 후 군총들이 트럭을 타고 간척지 입구로 이동했다. 간척지에 내려서 간단히 제물을 차려놓고 제굿을 친다.

간척지에서의 제굿이 당제에서의 제굿과 차이점을 보이는 것은 절차를 축소한 점이다. 제굿에서는 너나리굿을 총 4회에 걸쳐 연행하고 그 중간에 절을 두 번 하는데, 간척지에서 제굿을 칠 때는 너나리굿을 1회만 연행하고 중간에 절도 하지 않았다.

2008년 2월 9일 간척지 제굿 절차와 가락

절차	가락
① 외채굿	쇠싸움-외채-이채
② 절갱굿 [주행굿]	주행굿-쇠싸움-이채-쇠싸움-갈림쇠-이채-쇠싸움(딱징1회)-갈림쇠-이채-쇠싸움(딱징2회)-갈림쇠-이채-쇠싸움(딱징3회)
③ 생략	
④ 생략	
⑤ 생략	
⑥ 너나리굿	너나리굿(느린삼채)-외채-이채-삼채-음마갱깽-이채-*된삼채*-음마갱깽-이채-음마갱깽-이채-*음마갱깽-이채*-음마갱깽-*이채*(딱징3회)
⑦ 영산다드래기	영산다드래기-진풀이굿-외채-이채-(생략)

선창굿을 마치고 간척지에 도착해서 제굿을 치기 시작했다. 제굿을 시작할

42 월포마을 간척지(2008년)
43 간척지 제굿(2008년)
44 간척지 입구에 간단히 제물을 차려놓고 제굿 연행(2008년)

즈음 간척지 입구 길가에 제물을 간단히 차려놓는다. 제물을 중심으로 원을 만들어 제굿을 친다. ①~⑥까지의 과정 중 ③~⑤까지의 〈너나리굿〉을 생략했다. 연행하는 동안 제자리에 선 상태에서 가락을 연주하고 ⑦ 〈영산다드래기〉에서 진풀이굿을 치면서 원진을 돈다.

(4) 문굿

문굿은 월포농악의 가장 특징적인 굿이다. 월포 마을에 농악을 전수해주었다고 하는 김응선, 박홍규로부터 전수받은 것이다. 제굿이나 당산굿, 마당밟이 등은 기존부터 마을에서 연행하고 있었지만, 문굿은 특수한 경우에 연행하는 것으로서 외부의 상쇠들로부터 체계적으로 배운 것이다.

일반적으로 문굿은 마당밟이에서 집에 들어갈 때 대문 앞에서 치는 문굿과,

◪45 고흥 군민의날 행사에서 문굿 시연(2007년 11월 1일)

걸궁패가 마을로 들어갈 때 예능을 선보이는 문굿으로 구분된다. 월포의 문굿은 후자의 성격이 강하지만 실제로는 입장하기 위한 의례로서의 문굿으로 사용되지는 않는다. 월포에서는 문굿을 군법으로서의 엄격함과 예능으로서의 뛰어남으로 설명한다.

그것은 한가지의 특전이여 특전. 참말인지 거짓말인지 몰라. 우게서 내려오는 것으로 봐서는 이순신 장군 그 군법인데, 군법이 내려온 거인데, 그 양반이 적을 격파했을 때 적 진지로 안 들어가요? 환영맞이 할 때. 우리 아군을 거그서 환영을 받어줘. 그럴 때 굿으로 치는 것이 그 거스그서 그 성문을 열었다고 해서 문굿이라고 말이 나왔습디다. 이것이 나가 한 400년 가차이 된 것을 연대를 어채 이렇금 책같이 꿰고 나왔으믄 연대가 어떻게 됐다는 것을 안디. 전설로 이렇금 나왔기땜새 그건 잘 몰라요.

[보통 문굿은 언제 치셨어요?] 문굿은 지역적으로 봐서 초청굿이나 예를 들어 장터 개장식이나 그럴 때 가서 치믄. 우리 한 부락만 가서 치는 것이 아니라, 지역에서 장터에서 하믄 몇 개 팀을 오라 해. 그때 나가서 치믄 어떻게 됐든지 월포서. 면소재지가 저긴데 면소재지 사람이 빛을 본디. 제일 떨어진 데 여그 사람들이 큰 상은 못 타도 매번 나가요. 월포굿 잘 친다고 명이 나가지고 그때부터 월포굿이 나가믄 다른 데 굿이 질려부러요. 지금은 우리가 부하지만, 이전에는 상당히 약한 부락입니다. 그래가지고 그 사람들은 당골들을 사다가 써. 김덤풀이라고 당골인디 당골들이 해야 우리한테 못 이겼습니다. 덤풀이가 와서 우리 쇠잽이들한테 그러대요. "이건 제가 확실히 눈으로 봤기땜새, 확실히 잘 합니다." 그러고. [살아계세요?] 다 죽었제. 100살이 넘었는디.

[낙성식 같은 것 말고 마을에서는 문굿을 언제 쳤어요?] 우리가 거시기 해서 특이할 때 한 번이나 쳐주라고 허믄 그때 한번썩 쳐주고 그렇고는 안 쳐. 어렸을 때는 문굿이 없었고. 우리가 20살부터서 응선씨가 와서 갈쳤

제. [문굿을 마을에서는 많이 안 쳤네요?] 행사 때나 되면 쳐주고 오늘같이 해서 하믄 거슥한디 첫머리부터 할라면은 40분 내지 50분에 걸쳐서 해야 돼요. 시간이 너무 많이 걸린께 사람이 지쳐요. 그랑께 많이 안 쳐.

– 제보자 : 상쇠 정이동

이렇듯 문굿이 마을의 당제 기간에 꼭 연행해야 하는 절차는 아니다. 군법으로서 엄격하게 절차를 지켜야 하면서도 상쇠나 군총들의 예능이 집약되어있는 예능적인 굿판의 성격을 가지고 있다. 따라서 문굿은 마을에서 연행할 때 치기보다는 대회나 축제 등의 행사에 나가서 선보이는 경우가 많다.

문굿 순서(상쇠 정이동이 정리한 절차와 가락)

절차	가락
① 외채굿	쇠싸움(어르기)-외채-이채(딱징1회)
② 헐미사질굿	헐미사질굿-외채-이채-쇠싸움-예절굿
③ 절갱굿 [주행굿]	외채-이채(딱징1회)-주행굿-쇠싸움-이채-쇠싸움-갈림쇠-이채-쇠싸움-갈림쇠-이채-쇠싸움(딱징2회)-이채
④ 구덕놀이	느린삼채-중삼채-외채-이채-자진삼채-음마갱갱-이채-음마갱갱-이채-음마갱갱-이채-쇠싸움(딱징3회)
⑤ 너나리굿	너나리굿(느린삼채)-외채-이채-중삼채-음마갱갱-이채-된삼채-음마갱갱-이채(딱징1회)
⑥ 정문삼채굿	정문삼채-삼채-정문삼채-삼채-정문삼채-삼채-삼채-음마갱갱-이채-쇠싸움(딱징3회)
⑦ 창영산	창영산-접창영산-대풍류[24]-삼채-음마갱갱-이채
⑧ 쥔쥔문열소	쥔쥔문열소(구음과 가락)-외채-이채(딱징1회)
⑨ 니로로	니로로(구음과 가락)-진풀이-외채-이채
⑩ 문열기	상쇠 구두 호창-쇠싸움(절 2배)-삼채-음마갱갱-이채-음마갱갱-이채-음마갱갱-이채(딱징3회)
⑪ 영산다드래기	영산다드래기-새끼풀이(진풀이)-풍류굿-외채-이채-쇠싸움(관중에 인사)-예절굿
⑫ 퇴장굿	퇴장굿

24) 정이동 상쇠에 의하면 '대풍류'라고 기재했으나 이것은 학술적인 용어이고, 월포마을에서는 '도리동산굿'으로 불린다고 한다. 그러나 〈자필가락보〉와 면담 내용을 종합해볼 때 대풍류 가락과 도리동산굿 가락은 유사하면서도 조금 다르다.

2008년 2월 9일 문굿 순서

절차	가락
① (생략)	
② (생략)	헐미사질굿–외채–이채–(생략)
③ (생략)	
④ (생략)	
⑤ (생략)	
⑥ 정문삼채굿	정문삼채–삼채–정문삼채–삼채–정문삼채–삼채–삼채–음마갱갱–이채 –쇠싸움(딱징3회)
⑦ 창영산	창영산–접창영산–대풍류–삼채–음마갱갱–이채
⑧ 문열기	쥔쥔문열소(구음과 가락)–외채–이채(딱징1회)–니로로(구음과 가락)–진풀이–외채–이채 [전체 3회 반복] 상쇠 구두 호창–쇠싸움(절 2회, 영기로 세워서 문을 연다.)–삼채굿–음마갱갱–이채–음마갱갱–이채–음마갱갱–이채(딱징 3회, 연결가락 없음)
⑨ 영산다드래기	영산다드래기–새끼풀이(진풀이)–풍류굿–외채–이채–(생략)–예절굿
⑩ (생략)	

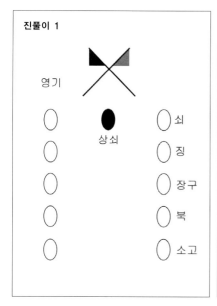

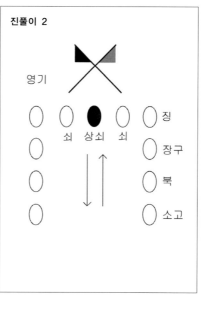

〈진풀이 1〉 문굿에서 군총 편성
〈진풀이 2〉 정문삼채굿 진풀이

〈진풀이 3〉 창영산에서
삼진삼퇴
〈진풀이 4〉 대풍류에서
진풀이
〈진풀이 5〉 쥔쥔문열소
에서 상쇠 보풀놀이(영기
에 보물 올리기)
〈진풀이 6〉 니로로에서
'삼진삼퇴'

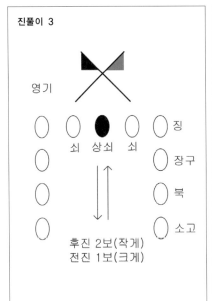

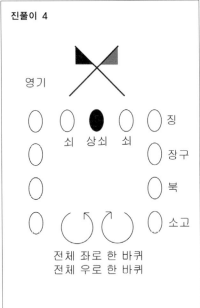

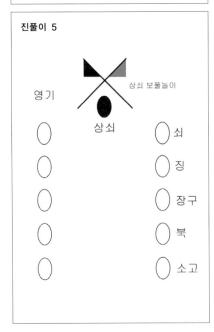

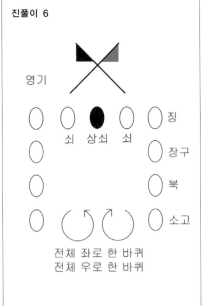

① 〈외채굿〉을 쳐서 군총들을 정렬시킨다.

② 〈헐미사질굿〉을 치면서 문굿을 칠 장소로 이동한다. 보존회관 앞 마당으로 이동해서 원진을 한다. 외채를 치면서 영기수들이 영기를 'X'자 모양으로 만들어 문을 잡는다. 가락을 이채로 넘기면 군총들이 영기를 중심으로 2열 종대로 정렬한다. 이때 상쇠가 가운데로 나와서 영기를 향해 서는데, 종쇠들이 상쇠를 마중나온다. 상쇠가 신호를 해서 이채 가락을 맺으면 전 군총이 제자리에 앉는다.

⑥ 〈정문삼채굿〉을 연행하는 동안 대열은 영기를 향해 2열종대로 서고, 쇠잽이들은 대열 가운데에서 앞뒤로 오가며 가락을 치고 보풀놀이를 한다. 문굿의 진(陣)이 3행고 5열로 만들어진다고 해서 삼로오행三路五行굿이라고도 한다.

첫 시작은 상쇠와 종쇠들이 영기 앞에 앉은 상태에서 정문삼채 가락을 친다. 정문삼채 가락을 치는 동안 쇠잽이들은 앉은 상태로 가락을 치면서 보풀놀이를 한다. 이어서 삼채굿 가락을 치면서 일어나 뒤로 이동했다가 다시 영기 앞에 정렬한다. 쇠잽이들이 영기 앞에 도착하면 삼채굿을 맺는다. 이러한 과정을 총 3번에 걸쳐 반복한다. 즉, '정문삼채-삼채굿' 과정을 3회 동안 반복하는 것이다. 그리고 마지막 세 번째에는 쇠잽이들이 영기 앞에 선 상태로 '음마갱갱-이채'로 가락을 넘겨 맺는다.

⑦ 〈창영산〉에서의 대열은 〈정문삼채굿〉과 같다. 쇠잽이들이 영기 앞에 일

진풀이 7

영기

쇠 상쇠 쇠

징
장구
북
소고

전체 좌로 한 바퀴
전체 우로 한 바퀴

◆ 〈진풀이 7〉 창영산의 대풍류 과정에서 진풀이

렬로 선 상태에서 창영산 가락을 연주하다가 접창영산 가락으로 넘어간다. 접창영산 가락을 연주할 때는 쇠잽이들이 뒤로 두 번 물러섰다가 한 발자국 전진한다. 뒤로 물러설 때는 작은 보폭으로 뛰면서 두 걸음을 물러서고, 앞으로 전진할 때는 한 걸음으로 물러선 만큼 전진한다. 후진과 전진의 과정을 총 3회 반복한다. 전체 3회에 걸쳐 전진과 후진을 반복하기 때문에 '삼진삼퇴'라고 한다. 다음으로 대풍류로 넘어가는데 대풍류 준비가락을 치면서 전체 군총이 제자리에 앉는다. 앉은 상태에서 쇠잽이들은 보풀놀이를 한다. 대풍류 마지막 가락을 치면서 전체 군총이 일어섰다가 앉는데, 이때 좌로 한 번 돌아서 앉고 다시 우로 돌아서 앉는다. 대풍류 전체 과정을 3회 반복한 후 음마갱갱과 이채로 가락을 넘겨서 맺는다. 음마갱갱으로 가락을 넘기면 상서만 남겨놓고 나머지 쇠잽이들은 대열로 돌아간다.

⑧ 〈쥔쥔문열소〉는 앞의 굿거리를 맺은 후 바로 시작하는데, 상쇠가 "쥔쥔문열소"라는 구음을 먼저 하고 가락을 친다. 이채 가락을 치는 동안 상쇠가 영기 앞에서 보풀놀이를 한다. 보풀놀이는 제자리에서 상모를 돌리다가 영기 위에 보풀을 올리기를 반복한다. 그러다가 상쇠가 영기를 등진 상태에서 보풀을 영기에 올린 후 가락을 맺는다. 이어서 상쇠가 영기를 등지고 "니로로~"라고 외친 후 니로로 가락을 친다. 상쇠가 "니로로~"라고 외치면 전체 군총이 제자리에서 뒤로 돈다. 니로로 가락을 치면서 뒤로 세 걸음 전진한 후 돌아서고, 바로 진풀이 가락을 치면서 다시 영기를 향해 전진한다. 이후 외채와 이채로 가락을 넘겨 맺는다. 여기까지의 과정을 총 3회 반복한다. 여기서도 '삼진삼퇴'를 하지만 앞의 '삼진삼퇴'와는 보폭과 걸음 수가 다르다.

이후 상쇠가 "각항 치배 열문아뢰오~"라고 외친 후 쇠싸움 가락을 치면서 절을 두 번 한다. 절을 하면 영기수들은 'X'자로 겹쳐서 세웠던 영기를 '11'자로 세워서 문을 연다. 문을 열면 바로 삼채굿으로 넘어간다. 음마갱갱과 이채를 치면서 상쇠와 종쇠가 가운데로 나와 보풀놀이를 한다.

⑨ 〈영산다드래기〉는 굿판의 마지막 절차다. 2열종대로 정렬한 상태에서

46 간척지에서 보존회관으로 이동(2008년)
47 영기를 서로 맞대어 영문을 세워놓은 장면(2008년)
48 보존회관 앞 마당에서 문굿 연행(2008년)
49 쇠잽이들이 영기 앞에 앉아서 정문삼채굿을 치는 장면(2008년)
50 진천문열소에서 상쇠가 보풀놀이를 하다가 보풀을 영칼(삼지창)에 올리는 장면(2008년)
51 니로로 가락을 치면서 뒤로 이동(2008년)

📌52 영산다드래기를 마
치고 새끼풀이를 하면서
진을 푸는 장면(2008년)

영산다드래기 가락을 치다가 진풀이 가락을 치면서 '새끼풀이'를 한다. '새끼
풀이'는 상쇠가 양편의 서있는 군총들을 종쇠부터 차례대로 꿰어나가는 진풀
이 형태를 말한다. 전체 군총들을 다 꿰면 풍류굿 가락으로 넘겨 '태극진' 진
풀이를 한다. 진풀이를 하다가 원진을 하면서 외채로 가락을 넘긴다. 이후 이
채와 예절굿을 치고 굿을 맺는다.

(5) 마당밟이

월포 마을에서는 마당밟이를 '뜰볿이', '지신밟기' 등의 명칭으로도 부른
다. 마당밟이는 간척지에서의 제굿을 마치고 밤에 제굿을 치기 전까지 가정집
을 돌아다니면서 한다. 그리고 당제를 지낸 다음날부터 며칠간 마을의 모든 가
정을 돌면서 마당밟이를 한다. 그러나 근래에는 마당밟이를 요청하는 집에 한
해서 진행하기 때문에 마당밟이를 안 하는 경우가 많다. 2008년의 경우도 마

당밟이를 요청하는 집이 없어서 진행하지 않았다. 따라서 상쇠 정이동 어르신과 면담한 내용과 〈자필가락보〉를 기준으로 내용을 정리한다.

마당밟이 순서(상쇠 정이동이 정리한 절차와 가락)

절차		가락
① 외채굿		쇠싸움–외채–이채(딱징 1회)
② 헐미사질굿		헐미사 질굿–외채–이채–쇠싸움–예절굿
③ 쥔쥔문열소		쥔쥔문열소–외채–이채
④ 샘굿		샘굿–외채–이채–쇠싸움(절, 딱징)
⑤ 마당굿(임시명칭)		(적당한 가락을 내어 굿을 친다.)
⑥ 성주굿	절갱굿	주행굿–쇠싸움–이채–쇠싸움–갈림쇠–이채–쇠싸움(딱징1회)–갈림쇠–이채–쇠싸움(딱징2회)–갈림쇠–이채–쇠싸움(딱징3회)
	너나리굿	너나리굿(느림삼채)–외채–이채–중삼채–음마갱갱–이채–된삼채–음마갱갱–이채–음마갱갱–이채(딱징3회)
	영산다드래기	영산다드래기–이채(딱징1회)
	상쇠와 대포수 축원	
	삼채굿	삼채–음마갱갱–이채
⑦ 성정지굿	외채굿	외채–이채
	삼채굿	삼채–음마갱갱–이채
	사채굿	사채–음마갱갱–이채
	오채굿	오채–음마갱갱–이채
	칠채굿	칠채–자진삼채–음마갱갱–이채
	업몰이	업몰이
⑧ 철령굿	업몰이	업몰이(앞에 이어서)–흘림당산굿
	흘림당산굿	(간척지제굿 참조)
⑨ 마당굿(임시명칭)		(적당한 가락을 내어 굿을 치다가 질굿이나 춤굿을 치면서 나온다. 예전에는 동굿을 치면서 나왔다.)

① 〈외채굿〉은 마을회관이나 전수관에 집결해 있을 때 치는 굿이다.

② 〈헐미사질굿〉을 치면서 마당밟이 할 집으로 이동한다.

③ 〈쥔쥔문열소〉는 집주인에게 문을 열어달라는 의미로 치는 굿이다. 그래

서 '쥔쥔 물열소'라는 구음의 가락을 친다. 〈문굿〉에서도 비슷한 의미의 가락을 치는데, 뒷부분이 조금 더 확장되어있다. 〈문굿〉에서의 가락은 '쥔쥔 문여소 쥔쥔 문여소 쥔쥔 문여소 문 안열어주믄 갈라요'라는 구음의 가락이다.

④ 〈샘굿〉은 집 안에 우물이 있을 경우 가장 먼저 치는 굿이다.

⑤ 〈마당굿〉은 군총들이 집 안으로 들어가서 마당을 돌면서 치는 굿이다. '마당굿'이라는 명칭은 사용하지 않고, '마당에서 논다'라고 한다. 특별히 정해진 가락은 없다.

⑥ 〈성주굿〉은 선영이 모셔진 마래에서 치는 굿이다. 절갱굿과 너나리굿, 영산다드래기 등의 굿을 치다가 상쇠가 군총들을 불러 축원을 한다. 상쇠가 마래에서 **축원**과 액막이를 하는 동안, 대포수와 소포수 등등은 집 마당에 놓인 상 앞에서 축원과 액막이를 한다.

상쇠축원(마래)

상쇠 매귀여~

군총 예~

상쇠 잡귀잡신은 쳐내고 명과복덕은 꺼들이세~

대포수축원(마당)

대포수 및 소포수 각 졸들은 집 앞 뜰에 자리를 펴고 상을 놓는다. 상 위에는 쌀과 돈, 실을 걸어놓은 수저, 정화수 등을 올려놓는다. 대포수와 소포수는 물그릇에 쌀을 세 번 집어넣고, 물그릇을 손에 들고 축원을 한다. "이 집에 일년내내 재수와 무사안녕을 빕니다."라는 내용을 서로 문답식으로 진행하면서 축원을 한다. 그러다가 대포수가 다음의 축원을 한다.

대포수 천지신령님께 아뢰오. 동방청제장군, 남방적제장군, 서방백제장군, 북방흑제장군, 중앙황제장군, 사해용왕신님 이 집안에 모든 잡귀잡신은 먼

동해바다에 다 소멸하시고 금년 농사는 오곡이 풍성 대풍하고, 집안에 모든 일에 소원성취하여 주십시오.

⑦ 〈정지굿〉에서는 본래 삼채굿을 치지 않는다. '여자는 수염이 나지 않기 때문에 삼채굿을 치지 않는것'이라고 해석하는데, 구체적인 이유는 알 수 없다. 여기에서 삼채굿을 기재한 것은 상쇠 정이동 어르신이 〈자필가락보〉를 정리하면서 기재한 것을 옮겨놓은 것이다. 근래에는 삼채굿을 치지만, 본래는 치지 않는 것을 뜻하는 것이다. 〈정지굿〉 마지막에 업몰이 가락을 치면서 밖으로 나온다.

⑧ 〈철령굿〉은 집 뒤뜰을 돌면서 치는 굿이다. 〈정지굿〉 마지막에 치는 업몰이 가락을 치면서 뒤뜰로 이동한 뒤 흘림당산굿을 친다.

⑨ 〈마당굿〉은 뒤뜰에서의 흘림당산굿을 마친 후 마당에서 간단히 굿을 치는 것이다. 앞의 〈마당굿〉과 마찬가지로 '마당굿'이라는 명칭은 없다. 〈마당굿〉을 마치면서 집을 향해 절을 하는데, 이때 절을 한 번 하기도 하고 두 번 하기도 하는데, 이것은 상쇠의 뜻에 따른다고 한다. 〈마당굿〉 마치고 집에서 나갈 때는 질굿을 치거나 춤굿을 친다. 예전에는 동굿을 치면서 나왔다고 한다.

⑹ 판굿

판굿은 낮에 마당밟이를 마친 후 한 집을 정해서 밤새도록 굿을 치는 굿판이다. 판굿을 치게되면 굿을 치는 군총들의 식사를 준비해야하기 때문에 미리 판굿을 칠 집을 선정한다. 보통 새로 성주를 올린 집이나 마당이 넓고 부유한 집에서 하게 된다. 판굿을 치게 되면 마당에 모닥불을 피워놓고 그 주위를 돌면서 굿을 친다.

월포마을의 판굿은 30여년 전에 중단되었다. 오래 전에 중단되어서 현재는 판굿을 칠 수 없게 되었다. 그러나 정이동 상쇠가 판굿 전반의 과정을 〈자필가락보〉로 기록해놓아서 전체적인 내용을 조사할 수 있었다. 또한 故박홍규 상쇠가 기록해놓은 "夜遊農樂"이라는 문서가 판굿 전과정을 기록해놓은 것으로 짐작된다.

정이동 상쇠가 작성한 〈자필가락보〉와 "야유농악" 문서는 명칭과 순서에서 조금 차이를 보이지만, 대체적으로 비슷하다. 〈자필가락보〉에 기재된 판굿의 제목이 "야유판굿 및 도둑잡이굿"인 점에서도 두 문서가 같은 판굿을 기록한 것임을 알 수 있다. 두 문서의 기록을 간단히 정리하여 비교하면 다음과 같다. 정이동 상쇠가 작성한 〈자필가락보〉의 경우 일부 절차가 누락되어 있는데, 이 것은 해당 절차를 정확히 기억하지 못하기 때문에 기재하지 않은 것이다. 따라서 밑에 별도로 정리해둔다.

夜遊農樂(박홍규)		야유판굿 및 도둑잡이굿(정이동)	
전	질굿	전	외채굿
	마상굿		옛질굿
	허허굿		발림삼채굿(춤굿)
	구정놀이굿(벅구놀음)		허허굿
	영산		질굿
	노래굿		노래굿
	등맞추기		영산다드래기
	도리당산굿		도리동산굿
후	채굿	후	칠채굿
	진싸기-호장부르기-진풀기-춤굿-포수목베기		노래굿
	五方神將에 각평굿		도리동산굿
			칠채굿
			영산다드래기
			도둑잡이굿
			대풍류굿
			동굿
			채굿

기록에 없는 판굿 절차
수박치기, 발치기, 땅치기
고사리꺾기
청애영자
동굿

박홍규의 "야유농악"과 정이동의 "야유판굿 및 도둑잡이굿"의 내용은 대부분 비슷하다. 다만, "야유농악"에만 기록된 〈마상굿〉의 경우 현재 마당밟이에서 '마래에서 부엌으로 이동할 때 치는 굿'과 가락이 같다. 그리고 〈각평굿〉은 알 수 없다. 정이동의 "야유판굿 및 도둑잡이굿"은 "야유농악"에 비해 절차가 확대되어 있다. 그런데 〈노래굿〉, 〈칠채굿〉, 〈영산다드래기〉가 중복되어 있는 점을 감안하면 몇몇 굿거리를 제외한 대부분의 절차가 일치한다고 볼 수 있다. 다만, 〈채굿〉과 〈도둑잡이굿〉의 순서가 서로 뒤바뀌어있는 점에 대해서는 정확히 알 수 없다. 그러나 판굿의 전체적 구성이 크게 2개로 나뉘어져 있는 점과 〈도둑잡이굿〉이 끝부분에 위치하는 점은 공통적이다. 〈도리동산굿〉까지가 치면 판굿의 '일회' 또는 '한 구절'이 끝난다고 기록되어 있다.

두 문서에 기록되지 않은 절차로는 〈수박치기〉, 〈발치기〉, 〈고사리꺾기〉, 〈청애영자〉, 〈동굿〉 등이 있다. 〈수박치기〉와 〈발치기〉는 〈등맞추기(등치기)〉를 할 때 같이 했던 것이고, 〈고사리꺾기〉와 〈청애영자〉는 진풀이 형식으로 진행했다고 한다.

판굿 순서(상쇠 정이동이 정리한 절차와 가락)

절차	절차
① 외채굿	쇠싸움–외채–이채(딱징 1회)
② 옛질굿	옛질굿
③ 발림삼채굿(춤굿)	발림삼채–외채–이채(딱징 1회)
④ 허허굿	허허굿–자진허허굿–쇠싸움굿(3회)

절차	절차
⑤ 옛질굿	옛질굿-외채-이채-음마갱갱-이채-음마갱갱-이채 -음마갱갱-이채
⑥ 노래굿	이채-쇠싸움(3회)
	노래굿-쇠싸움(3회)
⑦ 영산다드래기	영산다드래기-진풀이-외채-이채
⑧ 등치기, 발치기, 땅치기, 수박치기	중삼채, 느린삼채, 자진삼채 등의 가락에 맞춰 연행하는데 정확한 순서는 알 수 없음
⑨ 도리동산굿	중삼채-도리동산굿-중도리동산굿-자진삼채-음마갱갱-이채 -음마갱갱-이채-음마갱갱-이채-쇠싸움굿(3회) 중도리동산굿-자진삼채-음마갱갱-이채-음마갱갱-이채-음마 갱갱-이채
⑩ 칠채굿	칠채-된삼채-음마갱갱-이채(전체 3회 반복)-쇠싸움굿(3회)
	노래굿-쇠싸움굿(3회)
⑪ 노래굿 ⑫ 도리동산굿	느린삼채-중삼채-자진삼채-도리동산굿-중도리동산굿 -외채굿-이채
⑬ 칠채굿	칠채-자진삼채-음마갱갱-이채-음마갱갱-이채-음마갱갱-이채
⑭ 영산다드래기	영산다드래기-진풀이-외채-이채
⑮ 도둑잡이굿	옛질굿-느린삼채-멍석말이(굿풀이굿-외채-이채-쇠싸움굿) 3회-외채-이채
	느린삼채(잡색들 투전놀음)-상쇠의 구두호창과 대포수 처형
⑯ 대풍류굿	대풍류굿
⑰ 동굿	동굿
⑱ 채굿	외채굿	외채-이채
	삼채굿	삼채(중삼채, 자진삼채, 된삼채 중에서 선택)-음마갱갱-이채
	사채굿	사채-음마갱갱-이채
	오채굿	오채-음마갱갱-이채
	육채굿	육채-음마갱갱-이채
	칠채굿	칠채-자진삼채(앵모리가락)-음마갱갱-이채

① 〈외채굿〉은 굿을 시작할 때 치는 가락으로 군총들이 모여있는 상태에서
굿을 시작할 때 친다.

② 〈옛질굿〉 가락을 치면서 군총들이 원진을 만드는데, 이때 힘차게 뛰면서 돈다. 이때 상쇠는 원진 안에서 군총들과 반대방향인 시계방향으로 돈다. 안팎으로 돌면서 상쇠와 종쇠가 맞닿게 되는데, 맞닿기 전에 상쇠가 손으로 신호를 하면 종쇠는 군총들을 이끌고 반대방향으로 되돌아간다. 이러한 진풀이를 연속으로 하다가 다음 발림삼채 가락으로 넘기면서 다시 원진을 한다.

③ 〈발림삼채굿〉은 〈춤굿〉이라고도 한다. 발림삼채 가락을 치는 동안 원진을 하는데, 상쇠는 안에서 반대방향으로 돈다. 이때 잡색들은 "얼~쑥, 절~쑥" 하면서 춤을 추며 논다.

④ 〈허허굿〉을 치는 동안 반시계방향으로 원진을 한다. 이때 상쇠는 종쇠 옆에서 같이 원진을 하면서 가락을 이끈다. 허허굿 가락 마지막에는 "허허" 라고 외치면서 좌측으로 한 바퀴 돌고, 다시 "허허" 라고 외치면서 우측으로 한 바퀴 돈다. 그리고 〈자필가락보〉에는 기재되어 있지 않지만, 허허굿 다음에 자진허허굿을 치고 이채나 쇠싸움으로 넘어간다.

⑤ 〈옛질굿〉을 치면서 원진을 한다. 처음 질굿에서는 넘어가는 가락이 없지만, 여기서는 '음마갱갱-이채' 의 과정을 3회에 걸쳐 반복한다.

⑥ 〈노래굿〉은 노래를 부르면서 치는 굿이다. 앞의 굿을 마치는 과정에서 쇠싸움 가락을 세 번 치는 동안 덕석말이를 한다. 상쇠를 중심에 놓고 덕석을 말고, 그 상태에서 노래굿을 한다. 노래는 상쇠가 선창을 하면 나머지 군총들이 후렴을 받는 식으로 진행된다. 아래 사설을 주고받는데, 전체 사설을 총 3회에 걸쳐 반복해서 주고받은 후 '오장소리'를 합창한다.

선소리(상쇠)

서정강산 월이요/ 동각설중매이라

세사는 금삼척이요/ 생애는 주일배주이라

후렴(군총)

어리사 하하 해~해야/ 년~년으로 놀세

오장소리(전체합창)

얼~싸 얼~싸 얼~싸 얼~싸 절~싸

⑦ 〈영산다드래기〉 가락을 치면서 원진을 한다.

⑧ 〈등치기, 발치기, 수박치기, 땅치기〉의 절차는 북놀이(벅구놀음) 과정에서 진행되는 것으로 파악된다. 〈노래굿〉과 〈도리동산굿〉 중간에 들어가거나 〈도리동산굿〉 중간에 들어그는 절차로 짐자되는데, 정확한 순서나 가락을 알수 없다. 〈등치기〉는 북수들이 등을 맞추는 것이고, 〈발치기〉는 북을 발로 차면서 도는 것이다. 그리고 〈땅치기〉는 땅에 북을 쳐서 올렸다가 내리는 것이고, 〈수박치기〉는 손벽을 맞추는 것이다. 여기서 〈등치기〉는 '등치기 등치기'라는 구음을 하면서 하고, 〈발치기〉는 '발치기 발치기'라는 구음을 하면서 진행한다. 〈땅치기〉나 〈수박치기〉도 별도의 구음이 있는데 기억하지 못한다.

[등치기, 발치기, 수박치기가 어떤거에요?] 그것이 판굿에서 나와. 등치기는 서로 등을 맞댄다는 거기 사설도 있는디 나 그거 다 잊어부러. "등치기 등치기"하고, "발치기 발치기" 발치기 하고 [사설이 있어요?] 응. 사설이 있어. 그란디 그 사설이 인자 없어. 포도시 노랫가락 그것만 내가 적어놨제. 다른 것은 없어. [발치기는 어떻게 해요?] 발치기란 것이 서로 북을 치면서 발로 북을 쳐. 그란디 그 노래하고 발이 딱딱 맞어나가. 그란디 그런 것이 예전 사람들이 한 것을 못해. [수박치기는요?] 수박치기는 손으로 친디 그것이 말이 수박치기라 그래.

[등치기, 발치기, 수박치기는 어디에 들어가요?] 북놀이 할 때 쇠들이 나와서 앉어서 발림, 서서 발림, 쇠 놓고 춤으로 발림하고 있어. 그 다음에

장구잽이가 나와서 놀고, 북수들이 나오믄 등을 맞대고 놀고, 등치기라 그 말이여. 그란디 사설은 몰라 그때는. 사설이 있기는 있는디. 한참 놀다가 북놀이가 있어. (자필가락보를 보면서) 여그 노래하고 쇠싸움 안 붙인다 고? [노래가 두 번 들어가잖아요?] 첫머리에 들어가. 그라믄 여그서 인자 음마쟁쟁 가락을 세 번 하고 휘모리를 치다가 북놀이로 들어가. 북놀이가 락 그래가지고 늦은삼채굿 치고, 중삼채굿 치고, 어름굿 친다고 했지. 느린 삼채 치고 어름굿이 들어가야 돼. 중삼채 치고 어름굿 들어가고. 그래가지 고 자진삼채가락 여기 안 나왔다고? 자진삼채 딱 치고 여그서는 음마쟁쟁 안 들어가. 북놀이 하고. 이 북놀이 할 때 등치기가 나와. (중삼채, 자진삼 채 연주) 여기 치다가 도리동산굿으로 넘어가. 중삼채 치고 어름굿 치고. 그래서 거그서 나온다 그 말이여. (도리동산굿, 중도리동산굿 연주)

　[등맞추기] 벅구가 서로 앞으로 갔다 뒤로 갔다가 돌아서믄 등 맞춰진단 말이여. 등치기. 그 다음에 한참 앞을 보고 발치기를 해 줘. [등을 맞추는데 앉아서 맞춰요, 서서 맞춰요?] 서서 해. 뒤로 갔다가 앞으로 갔다가 그 다 음에 발치기가 들어가. 북을 탁 찬단말이여. 이전에는 통북 안 썼어. 작은 북 탁 치믄 돌아서 나가고, 이리 탁 치고 돌려서 나가고. [왼 발로 한 번 쳐 서 내리고, 오른발로 한 번 쳐서 내리고] 그렇제. 이전에는 통북 여기서 안 썼어. 소북. 그것을 할 때 그것 갖고 논다 그 말이여. 탁 치고 이렇게 돌아간 단말이여.

　[땅치기는 어떻게 해요?] 땅치기는 돌아댕기다가 딱 앉어. 앉어서 탁 같 이 놀아. 들이나 서이 앉어서 좌로 돌다가, 또 우로 돌다가, 안으로 돌다가, 바깥으로 돌다가 뺑 돌아서서 나와. 그것이 개인의 놀이다 그 말이여. [벅 구를 앉어서 치면서 한 바퀴 돌리고] 응. [그것을 왼쪽으로 돌고, 오른쪽으 로 돌고] 응. 그랑께 거그서는 어떻게 돼냐. 딱에다 딱 치거든. 땅에다 북을 탁 쳐. 탁 쳐갖고 올리믄 그 다음에 탁 쳐서 가로 툭 떨어져. 요리(왼쪽) 세 번 갔다가 요쪽(오른쪽)으로 세 번 와. 예를 들어서 왼쪽으로 두 번 가믄,

오른쪽으로 두 번 오고. 그래가지고 동그라니 삥 둘러 앉았다고. 그라믄 앞으로 들어갈 때가 너무 좁은께 뒤로 먼자 들어가. 뒤로 두 번 나가믄은 또 앞으로 두 번 나와. 나오믄 거그서 딱 돌려서 안 했다고? 그라믄 거그서 삥 돌아서 마지막에는 돌아서 나오믄 그것이 볼 때 그렇고 멋있다 그 말이여. [그것이 아까] 늦은 삼채, 중삼채, 자진삼채 이 북놀이 할 때 한다 그 말이여. 개인놀이여.

[북이 한 명씩 나와요. 여러명 나와서 해요?] 많이 하믄 서이. 그러니까 시간이 쫓기니까 한 사람씩 하믄 등치기도 못 하고, 발치기도 못 하고, 땅치기도 못 해. 그랑께 이것이 세 사람 나오믄 잘 못치더라도 끼어 넘어가고 그래. [옛날에는 몇 명씩 나왔어요?] 그때 당시 서이. [세 명이서 하면 세 명이 서로 등을 맞춰요?] 서이서 같이 맞춰.

그런거 하면서 나오면은 잡색들이 저기서는 춤치고 놀제. 여그서는 거슥 하제. 관중석에서는 잘 한다고 박수쳐주제 그러믄은 치는 사람들이 더 흥이 나서 더 잘 하고 그랬어.

⑨ 〈도리동산굿〉의 진풀이는 정확히 알 수 없다. 도리동산굿을 끝으로 전체 판굿의 전반부가 끝난다.

⑩ 〈칠채굿〉은 총 세 번 반복한다. 칠채굿을 마치면서 쇠싸움 가락을 세 번 치면 앞의 노래굿을 준비하는 것과 같이 덕석말이를 한다.

⑪ 상쇠를 중심으로 모여있는 상태에서 〈노래굿〉을 한다. 앞의 노래굿과 같이 선후창 형식으로 진행하고, 마지막에는 오장소리를 한다.

선소리(상쇠)

오늘밤에 하심심한데 / 노래한곡 읊어보세
구구팔십 일광수는 / 어동궁을 따라가네
팔구칠십 이적선은 / 채석강에 놀아있고

칠구육십 삼노동궁 / 강태공이 놀아있고
육구오십 사소부는 / 동문에서 놀아있고
사구사십 육소부는 / 고국충신 이아닌고
삼구이십 칠대국이 / 뚜렷하게 생겨날제
이십팔만 진도리는 / 제갈량의 병법일세
일구구 이국수는 / 하도낙서가 이아닌가
둥실둥실 저구름속에 / 동자앉아 춤을춘다
놀러가세 놀러가세 / 월선이 집으로 놀러가세

후렴(군총)

어리사 하하 해~해야 / 년~년으로 놀세

오장소리(전체합창)

얼~싸 얼~싸 얼~싸 얼~싸 절~싸

⑫ 늦은삼채부터 시작해 중삼채, 자진삼채를 거쳐 〈도리동산굿〉을 친다.

⑬ 앞과 같이 〈칠채굿〉을 치되, 전체를 반복하지 않고 '음마갱갱–이채'의 과정을 3회 반복한다.

⑭ 〈영산다드래기〉

⑮ 〈도둑잡이굿〉에서는 멍석말이를 3회에 걸쳐 진행한다. 첫 번째 멍석을 말았다가 푸는 것은 예비지도의 의미이고, 두 번째는 훈련, 세 번째는 실제(실전)의 의미다. 멍석말이를 마치고 영기를 'X' 자로 세워서 문을 잡는다. 영기를 사이에 두고 아군과 적군으로 구분되는데, 아군은 악기를 치는 군총들이고, 적군은 대포수를 비롯한 잡색들이다. 영기로 문을 잡은 상태에서 느린삼채굿을 치는데, 이때 잡색들은 투전놀음을 한다. 투전놀음을 하는 잡색들을 문 안으로 유인하다가 쇠잽이들이 쇠싸움 가락을 치면 잡색들이 다시 뒤로 도망간다. 이

후 상쇠가 구두로 호창을 한다. 상쇠가 징수, 취수, 기수, 북수 등을 불러서 명령을 하면 잡색들이 있는 곳으로 들어가서 잡색들을 놀라게 한다. 이 과정을 총 3회에 걸쳐 반복한다.

상쇠 징수 불러 군중에 문장 군령하라~

군총 예~이(징수가 징을 치면서 잡색들이 노는 곳을 돌아서 나온다. 그러면 잡색들이 "뭣이 난리쳤다."고 놀란다.)

상쇠 췻대 불러 수불 삼취하라~

군총 예ㅅ·이(취수가 잡색들이 있는 곳으로 가서 나발을 불고 돌아서 나온다.)

상쇠 기수 불러 외고 일톨하라~

군총 예~이(기수가 잡색들 있는 곳으로 가서 깃발을 흔들어 바람을 일으킨다. 그러면 잡색들이 "바람소리 난다. 어디서 큰 바람 난다."라고 한다.)

상쇠 수북 불러 명령 이하에 행격 삼고하라~

군총 예~이(북수가 북을 '둥둥둥....'치면서 잡색들이 있는 곳을 한 번 빙 둘렀다가 온다.)

이상의 과정을 3회에 걸쳐 반복한 다음 영기수가 잡색들이 있는 곳으로 가서 영칼(삼지창)에 대포수의 관을 걸어서 들어올리면 대포수를 비롯한 잡색들이 아군이 있는 곳으로 들어온다. 그러면 상쇠가 다시 구두로 호창을 한다.

상쇠 군중이 도적을 잡았으니 천우신조하라~

이상을 끝으로 도둑잡이굿을 마친다.

⑯ 〈대풍류굿〉

⑰ 〈동굿〉

⑱ 〈채굿〉은 일채굿부터 칠채굿까지 순서대로 친다. 채굿은 '모든 잡귀잡신을 내치고 오곡이 풍성하라'는 의미를 지니고 있다.

3) 월포농악의 가락

일러두기

① 기보방법은 정간보와 구음을 이용했다. 풍물굿의 특징을 잘 살릴 수 있으며, 오선보보다 읽기 편하기 때문이다.

② 채보는 각각의 악기별로 구분하여 기록했다.

③ 가락의 명칭과 구음은 정이동 상쇠가 기록한 〈자필가락보〉와 면담 당시 발음한 구음을 기준으로 한다.

④ 정간들 가운데 굵은 줄이 있는 것은 소박을 나타내기 위한 것으로 두 정간마다 굵은 줄이 있는 경우는 2소박의 가락(☐)이며, 세 정간마다 굵은 줄이 있는 경우는 3소박의 가락(☐)이다. 두 정간과 세 정간이 혼합된 혼소박의 경우도 있다.

⑤ 쇠가락 중에서 '재'와 '잰', '챈'은 강하게 치고, '지'는 약하게 친다. '잿'과 '짓'은 쇠를 막고 치는 것이고, '웃'이나 '은'은 쇠를 막고 치지 않는 것이다. 징은 구음대로 '징'이라고 표기한다. 장구가락에서 '덩'과 '더'는 양손에 든 채로 함께 치는 것이고, '궁'과 '구'는 궁채로 궁편을 치는 것이다. '다'와 '따', '닥'은 열채로 열편을 치는 것이고, '딱'은 가죽 옆의 변죽을 열채로 치는 것이다. 북가락에서 '궁'과 '구'는 북채로 북의 가죽을 치는 것이고, '따'와 '딱'은 북의 테두리를 치는 것이다.

⑥ 채보는 제보와 들리는 대로 하는 것을 원칙으로 하며, 객관성을 유지하

도록 하였다. 그러나 채보자의 주관적인 해석을 완전히 배재할 수는 없다.

(1) 주요가락

① 질굿 가락

_ 헐미사 질굿
월포마을의 질굿은 두 가지 있다. '옛질굿' 과 '헐미사 질굿' 두 가지가 있는데, 헐미사 질굿은 근대 '협률사' 의 활동 과정에서 수용된 신식질굿의 형태라고 할 수 있다.

쇠	챈		잰	지	잰	재	챈		잰	지	잰	재	챈		잰	지	잰	재	챈		잿		잰	헐미사 절굿 (반복)
	재	챈	잰	지	잰	재	챈	잰	지	잰	재	재	챈	잰	지	잰	재	재	챈	잰	지		잰	
	챈		챈			챈			지	잰	챈			지	잰	챈							재	
징	징						징						징						징					
	징						징						징						징					
	징						징						징						징					
장구	덩		덩	따	궁	따	덩		덩	따	궁	따	덩		덩	따	궁	따	덩		덩	따	궁	
	더	덩	덩	따	궁	따	더	덩	덩	따	궁	따	더	덩	덩	따	궁	따	덩		덩	따	궁	
	덩		덩					따	궁		덩				따	궁	궁						따	
북	궁		궁	따	궁	따	궁		궁	따	궁	따	궁		궁	따	궁	따	궁		궁	따	궁	
	구	궁	궁	따	궁	따	구	궁	궁	따	궁	따	구	궁	궁	따	궁	따	궁		궁	따	궁	
	궁		궁					따	궁		궁				따	궁	궁						따	

_ 옛질굿(중간에 박을 맞추기 위해 변형)
월포마을의 옛질굿은 최근에 변형되었다. 정이동 상쇠에 의하면 아래 가락보의 네 번째 가락이 다른 인근 지역에 비해 부족하다고 한다. 이러한 이유로 근래에 옛질굿 가락을 인근 지역의 질굿과 통일시킨 것이다. 현재 옛질굿은 판굿에서만 사용되는데, 판굿도 30여년 전에 중단해서 실제로 연행되고 있지 않다.

쇠	재	챈		챈			챈		재				옛질굿(반복)
	챈		챈	지	잰	챈		재	챈				
	챈	지	챈	지	잰	챈	지	잰	챈				
	지	잰	챈	지	잰	챈	지	챈	지	잰	재	챈	
	챈		재	잰		챈	지	잰	웃		챈		
	챈	지	잰	웃		챈							
징	징			징									
	징				징								
	징				징								
	징				징			징					
	징					징							
	징												

_ 옛질굿(변형 이전의 질굿)

변형되기 이전의 월포마을 옛질굿 가락이다.

쇠	재	챈		챈			챈		재				옛질굿(반복)
	챈		챈	지	잰	챈		재	챈				
	챈	지	챈	지	잰	챈	지	잰	챈				
	지	잰	챈	지	잰	재	챈						
	챈		재	잰		챈	지	잰	웃		챈		
	챈	지	잰	웃		챈							
징	징		징										
	징				징								
	징				징								
	징				징								
	징				징								
	징												

② 채굿 가락

_ 느린삼채(딱징 3회로 넘어갈 때는 도입가락 없음)

느린삼채로 시작되는 굿거리를 '느린삼채굿' 또는 '너나리굿' 이라고도 한다. 느린삼채의 경우 '너나리굿' 외에 다른 굿거리 절차에 포함되기도 하는데, '너나리굿' 이라고 할 때는 느린삼채 가락이 반드시 포함된다.

쇠	챈		재	챈		지잰	챈		지잰	재	챈		느린삼채
	지	잰		채	챈		지잰	챈		지잰	재	챈	(변형반복)
징	징			징			징						
	징			징			징						
장구	덩		따	덩	따	궁	덩	따	궁	궁	따		
	더	덩		덩	따	궁	덩	따	궁	궁	따		
북	궁		따	궁	따	궁	궁	따	궁	궁	따		
	구	궁		궁	따	궁	궁	따	궁	궁	따		

_ 중삼채

중삼채는 보통 굿거리 중간에 들어가는 경우가 많고, 벅구놀이나 쇠잽이가 춤을 출 때 사용된다.

쇠	챈		재	재	챈		웃		재	재	챈	중삼채 넘어가는 가락
	재	챈		재	챈		챈	지잰	재	챈		중삼채(변형반복)
	챈		챈		재	재	챈	지잰	재	챈		
	챈		재	재	챈		웃		재	재	챈	외채 넘어가는 가락
징	징						징					
	징			징			징					
	징			징			징					
	징						징					
장구	덩		따	궁	따		구	궁	따	궁	따	
	더	덩		궁	따	궁	덩	따	궁	따		

장구	덩		따	덩			따	궁	따	궁	궁	따	
	덩		따	궁	따		구	궁	따	궁		따	
북	궁		따	궁	따		구	궁	따	궁		따	
	구	궁		궁	따	궁	궁	따	궁	궁		따	
	궁		따	궁		따	궁	따	궁	궁		따	
	궁		따	궁	따		구	궁	따	궁		따	

_ 자진삼채

자진삼채는 중삼채와 마찬가지로 굿거리 중간에 들어가고, 자진삼채 가락이 연주되는 동안 벅구놀이 등이 행해진다. 자진삼채를 달리 '앵모리' 가락이라고도 한다.

쇠	재	챈		재	챈		챈		재	챈		자진삼채(반복)
	챈		챈		재	재	챈		재	챈		
징	징			징			징					
	징			징			징					
장구	더	덩		더	덩		덩		따	궁		
	덩		따	덩		따	덩		따	궁		
북	구	궁		구	궁		궁		따	궁		
	궁		따	궁		따	궁		따	궁		

_ 된삼채

된삼채는 삼채 가락 중에서 장단의 빠르기가 가장 빠르다. 굿거리의 시작부분에 위치하는 경우는 없고, 모두 중간에 연주된다.

쇠	지	잰		지	잰		챈		잿		된삼채(반복)
	챈		지	챈		지	챈		잿		
징	징			징			징				
	징			징			징				

장구	더	덩	더	덩	덩	따	궁	
	덩	따	덩	따	덩	따	궁	
북	구	궁	구	궁	궁	따	궁	
	궁	따	궁	따	궁	따	궁	

_ 발림삼채(춤굿)

발림삼채는 '춤굿'이라고 하여 춤을 추며 노는 가락이다. 가락을 연주하는 동안 잡색들이 "얼~쑥, 절~쑥" 하면서 춤추고 논다.

쇠	챈	재	챈	재	은	지 잰	챈	재	발림삼채(반복)
	지	챈	챈	지 잰	은	지 잰	챈	재	

_ 정문삼채 + 삼채굿

정문삼채는 문굿에서만 사용된다. 문굿의 명칭을 "정문삼채굿"이라고 말할 정도로 정문삼채 가락이 문굿의 핵심적인 가락이다. 정문삼채굿은 정문삼채와 삼채를 비롯한 삼채형의 넘어가는 가락이 결합되어 하나의 굿거리가 되고, 전체를 3회 동안 반복한다. 문굿에서만 연주되고 별도로 정문삼채만을 연주하는 경우는 없다. 그리고 처음 시작할 때 한 번 징을 치고, 나머지 가락을 연주하는 동안에는 징을 치지 않는다.

쇠	(징)			지 잰	재	챈			정문삼채 1회
	챈			지 잰	재	챈			
	챈	재	재	챈	은	지 잰	재	챈	
	챈		잿	재	챈	재	재	챈	
	챈	재	챈	재	챈	재	재	챈	삼채 3회
	챈		잿	재	챈	재	재	챈	
	챈	챈	재	라	챈	재	재	챈	넘어가는가락 1회
	챈	지 재	재	챈	챈	지 재	재	챈	
	챈	지 재	재	챈	챈	지 재	재	챈	
	재	재	재	챈	은	지 재	재	챈	넘어가는가락 반복

쇠	챈		챈		재	라	챈	재	재	챈	정문삼채 준비박 1회
	재	챈	재	챈	챈			잿			
장구					더	더	덩				
	덩			기	다	궁	따				
	덩	따	궁	따		궁	따	궁	궁	따	
	덩		덩	따	덩		따		궁	따	
	덩	따	덩	따	덩		따	궁	궁	따	
			궁			덩	따		궁	따	
	덩	덩	덩	따	궁	덩	따		궁	따	
	덩	따	궁	따	덩		따		궁	따	
	덩	따	궁	따	덩		따		궁	따	
	덩	따	궁	따		궁	따	궁	궁	따	
	덩	더	덩	따	궁	덩	따		궁	따	
	더	덩	더	덩	덩			딱			
북					구	구	궁				
	덩			따	궁	따					
	궁	따	궁	따	구	궁	따	궁	따		
	궁		궁	따	궁		따	궁	따		
	궁	따	궁	따	궁		따	궁	따		
	궁		궁		따	궁		따	궁	따	
	궁	궁	궁	따	궁	궁	따	궁	궁	따	
	궁	따	궁	따	궁		따	궁	따		
	궁	따	궁	따	궁		따	궁	따		
	궁	따	궁	따	구	궁	따	궁	따		

_ 사채

사채는 징이 네 번 들어간다.

쇠	챈		챈		챈						사채(반복)
	재	챈	챈		지	챈		재	재	챈	
징	징										
	징		징		징						

_ 오채

오채는 징이 다섯 번 들어간다.

쇠	챈		챈		챈		챈	챈		챈		오채(반복)
	재	챈		챈		지	챈	재	재	챈		
징	징				징							
	징			징		징						

_ 육채

육채는 징이 여섯 번 들어간다.

쇠	챈		챈		챈							육채(반복)
	재		챈		지	챈		지	챈		지	
	재	챈		챈		재	웃		지	챈		
징	징											
	징		징		징							
	징		징									

_ 칠채

칠채는 징이 일곱 번 들어간다.

쇠	챈		챈		챈		챈		챈		챈	칠채(반복)
	재	챈		챈		지	챈		지	챈		지
	재	챈		챈		재	웃		지	챈		
징	징				징							
	징		징		징							
	징		징									

③ 기타 주요 가락

_ 갈림쇠

상쇠와 종쇠가 가락을 주고받는 형태의 가락이다. 아래 가락보에서 짙은 글씨로 표기한 부분은 종쇠가 연주하는 부분이다.

쇠	잿	챈	**잿**	**챈**	잿	챈	**잿**	**챈**	갈림쇠(상쇠－종쇠)
징			징				징		
장구			덩				덩		
북			궁				궁		

_ 절갱굿

절갱굿은 '주행굿'이라고도 한다. 절갱굿은 "당산을 맞습니다."라는 의미의 절차로서 절갱굿을 치기 전에 당을 향해 절을 하는 것과 관련된다.

쇠	재	챈	재	챈	챈	지 잰	재	챈	절갱굿(반복)
징	징		징		징				
장구	더	덩	더	덩	덩 따	궁	궁	따	
북	구	궁	구	궁	궁 따	궁	궁	따	

_ 영산다드래기

영산다드래기는 '영산다래기' 또는 '영산다들이'라고도 부른다. 모든 굿판에서 굿을 마치고자 할 때 치는 굿이다. 영산다드래기를 총 6번 반복해서 징이 24회 동안 들어간다고 하는데, 실제는 한 번만 치기도 한다.

악기								영산다드래기
쇠	챈		챈		재	챈		
	챈		챈		재	챈		
	챈	지	잰	챈		재	챈	
	챈		챈		재	챈		
	챈		챈		재	챈		
	챈	지	잰	챈		재	챈	
징	징							
	징							
	징							
	징							
	징							
	징							
장구	넝		넝		더	넝		
	덩		덩		더	덩		
	덩	따	궁	덩		따	궁	
	덩		덩		더	덩		
	덩		덩		더	덩		
	덩	따	궁	덩		따	궁	
북	궁		궁		구	궁		
	궁		궁		구	궁		
	궁	따	궁	궁		따	궁	
	궁		궁		구	궁		
	궁		궁		구	궁		
	궁	따	궁	궁		따	궁	

_ **창영산**

창영산과 접창영산 가락은 문굿에서만 사용된다. 문굿에서 군총들이 후진과 전진을 3회에 걸쳐 반복하는 '삼진삼퇴'의 과정이 있는데, 이때 연주되는 가락이다.

쇠	챈		챈					창영산(3회반복)
	챈	재	챈	챈	재	챈		
	재	챈	재	챈				
	챈	지 잰	챈	재	챈			
징	징		징					
	징		징	징		징		
	징		징					
	징		징	징				
장구	덩		덩					
	덩	따	궁	덩	따	궁		
	더	덩	더	덩				
	덩	따	궁	덩	따	궁		
북	궁		궁					
	궁	따	궁	궁	따	궁		
	구	궁	구	궁				
	궁	따	궁	궁	따	궁		

_ 접창영산

쇠	챈		챈	재	챈	재	챈		접창영산(3회 반복)
	재	잰	챈	지 잰	챈	재	챈		
	은	지 잰	챈	재	챈				
징	징		징		징		징		
	징		징		징		징		
	징		징		징				
장구	덩		덩	따	덩	따	궁		
	더	덩	덩	따	덩	따	궁		
	덩	기 닥	덩	따	궁				
북	궁		궁		궁	따	궁		
	구	궁	궁	따	궁	따	궁		
	궁	구 궁	궁	따	궁				

_ **진풀이굿(새끼풀이)**

진풀이굿은 ‘새끼풀이’라고도 하여 진을 풀 때 연주되는 가락이다.

쇠	은		챈		지 잰	챈		재	챈		진풀이굿(반복)
징	징										
장구	덩		덩	따	궁	덩		따	궁		
북	궁		궁	따	궁	궁		따	궁		

_ **니로로**

니로로는 ‘이로로’라고도 불린다. 문굿에서만 사용되고, 상쇠가 “니로로~”라고 외치면 전체 군총이 제자리에서 뒤로 돌아 니로로 가락을 친다.

구음	“니로로~”									상쇠 구음
쇠			재	챈		재	챈			니로로(3회 반복)
	챈	지 잰	챈		재	챈				
징	징									
장구			더	덩		더	덩			
	덩	따	궁	덩		따	궁			
북			구	궁		구	궁			
	궁	따	궁	궁		따	궁			

_ **풍류굿**

풍류굿을 춤굿이라고도 한다. 춤굿이라는 이명을 가진 가락은 발림삼채와 풍류굿 두 가지다. 둘 다 잡색들이 춤을 추는 가락으로서 ‘춤가락’이라고 한다. 풍류굿은 문굿에서 문열기를 하고 진풀이를 하면서 치는 가락이다. 대부분의 삼채형 가락에서 징이 세 번 들어가는데, 풍류굿에서는 한 번만 들어간다.

쇠	챈		챈		재	재	챈		재	재	챈	풍류굿(변형 반복)
	채	챈			재	재	챈		재	재	챈	
징	징											
	징											
장구	덩		따	덩	따	궁	덩		따	궁	따	
	더	덩		덩	따	궁	덩		따	궁	따	
북	궁		따	궁	따	궁	궁		따	궁	따	
	구	궁		궁	따	궁	궁		따	궁	따	

_ 문굿의 쥔쥔문열소

쥔쥔문열소 가락은 문굿과 마당밟이의 '쥔쥔문열어' 두 곳에서 사용된다. 두 곳에서 사용되는 가락의 명칭은 같지만 실제 가락은 미세하게 달라진다. 문굿에서 쥔쥔문열어 가락은 구음으로 '쥔쥔문열소 쥔쥔문열소 쥔쥔문열소 문

쇠	챈		챈		챈	지	잰		쥔쥔문열소(1회)
	챈		챈		챈	지	잰		
	챈		챈		챈	지	잰		
	재	챈	챈	재	은	지	잰		
징	징				징				
	징				징				
	징				징				
	징		징		징				
장구	덩		덩		덩	따	궁	따	
	덩		덩		덩	따	궁	따	
	덩		덩		덩	따	궁	따	
	더	덩	궁	따	덩	따	궁	따	
북	궁		궁		궁	따	궁	따	
	궁		궁		궁	따	궁	따	
	궁		궁		궁	따	궁	따	
	구	궁	궁	따	궁	따	궁	따	

안열믄 갈라요' 이고, 마당밟이의 쥔쥔문열어에서는 '쥔쥔문열어' 라는 구음의 가락만 반복한다.

_ 마당밟이의 쥔쥔문열소

쇠	챈		챈		챈	지	잰		쥔쥔문열소(반복)
	채	챈	챈	재	은	지	잰		넘어가는가락(1회)
징	징				징				
	징		징		징				
장구	덩		덩		덩	따	궁	따	
	더	덩	궁	따	덩	따	궁	따	
북	궁		궁		궁	따	궁	따	
	구	궁	궁	따	궁	따	궁	따	

_ 허허굿

허허굿은 판굿에서만 사용되는 가락이다. 가락보에서 "허 허"는 군총들이 외치는 부분이다. 허허굿을 연주한 다음 자진허허굿을 연주한다.

쇠	챈		재	챈		챈		재	챈	허허굿(반복)
	챈		챈	지	잰	챈		재	챈	
	챈	지	챈	지	잰	챈		재	챈	
	지	잰	챈	지	잰	챈	지	잰	챈	
	챈	지	챈	지	잰	챈	지	잰	챈	
	챈		챈		챈					
	챈		잿		허			허		
	챈		잿		허			히		
장구	덩		따	덩		덩		따	덩	
	덩		덩	따	궁	덩		따	덩	
	덩		덩	따	궁	덩		따	덩	
	더	덩	덩	따	궁	덩		따	덩	
	덩		덩	따	궁	덩		따	덩	

장구	덩		덩		덩		
	덩		딱	허		허	
	덩		딱	허		허	
북	궁	따	궁		궁	따	궁
	궁	궁	따	궁	궁	따	궁
	궁	궁	따	궁	궁	따	궁
	구 궁	궁	따	궁	궁	따	궁
	궁	궁	따	궁	궁	따	궁
	궁	궁		궁			
	궁		딱	허		허	
	궁		딱	허		허	

_ 자진허허굿

쇠	챈		재	재	챈		챈		잿	자진허허굿(반복)
	채	잰		챈		재	챈		잿	

_ 허허굿 마친 후 쇠싸움

쇠	챈	챈		챈	챈		챈	챈	느리게
	재	챈		재	챈		재	챈	빠르게
	챈		지	잰	챈				
	재챈 챈		잰		챈	챈 챈챈챈챈……………………		쇠싸움

_ 대풍류

정이동 상쇠는 대풍류를 도리동산굿이라고 한다. 대풍류는 학술적인 용어이고, 마을에서는 도리동산굿이라고 부른다고 한다. 정이동 상쇠가 기록한 여러 본의 〈자필가락보〉가 있는데, 어떤 곳에서는 '도리동산 도입-대풍류'의 순서로 가락을 기재한 것이 있다. 이것으로 볼 때 두 가락이 같은 가락으로 짐작된다. 그러나 미세한 부분에서 조금 다르기 때문에 별도로 기재하도록 한다.

악기													비고
쇠	챈			재	챈		챈	지	잰	챈		챈	대풍류 준비가락 2회
	챈	지	잰	챈		챈	챈	지	잰	챈		챈	
	챈	지	잰	챈	지	챈	챈	지	잰	챈		챈	
	챈	챈	잰	챈	챈	챈	챈	챈	챈	챈	챈	챈	대풍류 (3회반복)
	재	챈		챈	지	잰	챈		챈		챈		왼쪽 1바퀴
	챈		재	챈		챈	지	잰	웃		챈		오른쪽 1바퀴
	챈		재	챈		챈	지	잰	웃		챈		
징	징						징						
	징						징						
	징			징			징						
	징			징			징			징			
	징						징						
	징						징						
	징						징						
장구	덩			덩		따	덩	따	궁	궁	따		
	덩	따	궁	궁	따		덩	따	궁	궁	따		
	덩	따	궁	덩	따	궁	덩	따	궁	궁	따		
	더	더	더	덩	따	궁	더	더	더	덩	따	궁	
	더	덩		덩	따	궁	덩		덩		덩		
	덩			덩		따	덩	따	궁	궁	따		
	덩			덩		따	덩	따	궁	궁	따		
북	궁			궁		따	궁	따	궁	궁	따		
	궁	따	궁	궁	따		궁	따	궁	궁	따		
	궁	따	궁	궁	따	궁	궁	따	궁	궁	따		
	구	구	구	궁	따	궁	구	구	구	궁	따	궁	
	구	궁		궁	따	궁	궁		궁		궁		
	궁			궁		따	궁	따	궁	궁	따		
	궁			궁		따	궁	따	궁	궁	따		

_ 도리동산굿과 중도리동산굿

도리동산굿은 '도리동산굿–중도리동산굿'의 순서로 가락이 결합되어 있다.

구분													비고
쇠	챈			챈									도리동산 도입(1회)
	챈			챈			챈			챈			
	챈	지	잰	챈		챈	챈	지	잰	챈		챈	도리동산(반복)
	챈	지	잰	챈	지	잰	챈	지	잰	챈		챈	
	지	잰	채	챈	지	잰	챈	지	잰	챈		챈	
	챈	지	잰	챈		챈	챈	지	잰	챈		챈	
	챈	챈	챈	챈	챈	챈	챈	챈	챈	챈	챈	챈	
	챈	챈	챈	챈	챈	챈	챈	챈	챈	챈	챈	챈	
	재	챈		챈	지	잰	챈		챈	챈			
	챈			잿									
	챈		재	챈	지	잰	챈	지		챈		재	중도리동산굿(반복)
징	징			징									
	징			징			징			징			
	징			징									
	징			징			징						
	징			징			징						
	징			징									
	징			징			징			징			
	징			징			징			징			
	징												
	징			징									
장구	덩			덩									
	덩			덩			덩			덩			
	덩	따	궁	궁	따		덩	따	궁	궁	따		
	덩	따	궁	덩	따	궁	덩	따	궁	궁	따		
	더	덩		덩	따	궁	덩	따	궁	궁	따		
	덩	따	궁	궁	따		덩	따	궁	궁	따		
	더	더	더	덩	따	궁	더	더	더	덩	따	궁	
	더	더	더	덩	따	궁	더	더	더	덩	따	궁	
	더	덩		덩	따	궁	덩		덩		덩		
	덩			딱									
	덩		따	덩	따	궁	덩	따	궁	궁	따		

북													
	궁						궁						
	궁		궁				궁		궁				
	궁	따	궁	궁	따		궁	따	궁	궁	따		
	궁	따	궁	궁	따	궁	궁	따	궁	궁	따		
	구	궁		궁	따	궁	궁	따	궁	궁	따		
	궁	따	궁	궁	따		궁	따	궁	궁	따		
	구	구	구	궁	따	궁	구	구	구	궁	따	궁	
	구	구	구	궁	따	궁	구	구	구	궁	따	궁	
	구	궁		궁	따	궁	궁		궁		궁			
	궁		딱										
	궁		따	궁	따	궁	궁	따	궁	궁	따		

_ 도리동산굿 과정 전체를 마친 후 치는 쇠싸움

쇠	챈	챈	챈	챈	챈	챈			느리게
	채	챈	재	챈	챈	지 잰	챈	잿	빠르게
	(징)								

_ 동굿

동굿은 마당밟이를 마치고 집을 나오면서 치기도 하고, 판굿에서 마지막 채굿을 치기 전에 친다고 한다. 그러나 실제 월포마을에서는 거의 사용되지 않는 가락이라고 한다. 고흥 인근 지역에서는 일반적으로 연주되지만, 월포마을에서는 거의 사용되지 않는 가락이라고 한다.

쇠	챈		재	챈	챈	지 잰	웃	챈	2회
	챈	지 잰	챈	재	챈	지 잰	챈	재	
	챈	지 잰	챈	지 잰	챈	지 잰	챈	재	
	채	챈	챈	지 잰	챈	지 잰	웃	챈	

_ 고사리꺾기

고사리꺾기는 새끼풀이와 같은 진풀이의 일종으로 판굿에서 연행된다. 고사리꺾기는 군총들이 제 자리에 앉아있는 상태에서 상쇠가 군총들을 한명씩 꿰어 진을 푸는 형식으로 진행된다. 고사리꺾기 가락의 구음은 '끊자끊자 고사리끊자 고사리 대사리 끊자' 인데, 실제 구음은 하지 않는다.

쇠	챈	지 잰	챈		챈	챈	지 잰	챈		챈	고사리꺾기(반복)
	챈	지 잰	챈	지 잰	챈	지 잰	챈		챈		

_ 청어엮기

청어엮기는 고사리꺾기와 같은 진풀이 방식인데, 군총들이 서있는 상태에서 진을 푸는 점이 다르다. 청어엮기 가락은 구음으로 '청애영자 청애영자 청청자 청애영자' 또는 '청애영자 청애영자 연평도 청애영자' 이고, 실제 구음은 하지 않는다.

쇠	챈		재	챈		재	챈		재	챈		재	청어엮기(반복)
	재	챈		챈		재	챈		재	챈		재	
	챈		재	챈		재	챈		재	챈		재	
	챈			챈		재	챈		재	챈			

_ 노래굿

노래굿에서 노래를 부를 때 장구나 북은 노래에 맞춰서 박자를 맞추는 정도로 연주한다.

쇠	챈	챈		챈	챈		챈	지 잰	챈	잿	노래굿 시작
	노래 가창										
	챈	챈		챈		챈	챈		챈	재	노래굿 마치는 가락
	챈			재	챈		챈	지 잰	챈	잿	

_ 굿풀이굿

굿풀이굿 가락은 노래굿을 마치고 진을 풀면서 치는 가락이다.

쇠	챈		재	챈		챈		재	챈		굿풀이굿(반복)
	챈		재	챈							
	챈			챈	지 잰	챈		재	챈		
	채	챈	챈	지 잰	챈		재	챈			

_ 샘굿

샘굿 가락은 구음으로 '물주소 물주소 샘각시 물주소' 다. 쥔쥔문열어 가락과 마찬가지로 구음과 같은 가락을 연주한다.

쇠	챈		지	잰		챈		지	잰		샘굿(반복)
	챈			챈		지	챈		지	잰	

_ 업몰이

'업몰이' 가락은 액을 몰아내는 의미의 가락이다. 마당밟이에서 정지굿을 마치고 부엌을 나가면서 치기 시작해 집 뒤안을 돌고 나오는 천룡굿 절차에 포함되어 있다.

쇠	지	잰	챈	재	은	챈	챈	업몰이(반복)
	챈	지	챈	재	은	챈	챈	매우 빠르게

(2) 넘어가는가락 및 맺는가락

_ 쇠싸움

쇠싸움 가락은 굿거리를 시작하거나 마칠 때 사용한다. 일반적인 난타나 어름굿에 해당한다. "쇠싸움을 붙인다."라고 표현을 하고, '쇠싸움굿', '어름굿' 등의 명칭으로도 불린다. 쇠싸움과 딱징 가락은 결합되어 사용된다. 경우에 따라 쇠싸움 가락 중간에 딱징 가락이 들어가기도 하고, 쇠싸움을 마치고 딱징 가락이 들어가기도 한다. 월포농악에서는 일정한 절차를 3회에 걸쳐 반복하는 경우가 많은데, 이 중에서 첫 번째에는 딱징 가락을 한 번 치고, 두 번째 반복할 때는 딱징 가락을 두 번 치고, 세 번째 반복할 때는 딱징 가락을 세 번 치는 형태로 결합되어 있는 것이 보통이다. 이외에도 딱징 가락의 결합 없이 쇠싸움 가락만 치는 경우도 있다. 그리고 딱징 가락을 세 번 칠 때는 자연스럽게 다음 가락으로 연결된다.

쇠싸움+딱징1회

쇠	재챈 챈		챈	챈	챈 챈 챈 챈 ························	쇠싸움
징	징	징	징	징	징징징징 ························	
장구	더덩	덩	덩	덩	덩덩덩덩 ························	
북	구궁	궁	궁	궁	궁궁궁궁 ························	
쇠		잿				딱징 1회
징			징			
장구			덩			
북			궁			

쇠싸움+딱징2회

쇠	재챈 챈　　챈　챈　　챈 챈 챈 챈 ……………………				쇠싸움
징	징　　징　　징　징　　징징징징 ……………………				
장구	더덩　덩　덩　덩　　덩덩덩덩 ……………………				
북	구궁　궁　궁　궁　　궁궁궁궁 ……………………				
쇠		잿		잿		딱징 2회
징			징		징	
장구			덩		덩	
북			궁		궁	

쇠싸움+딱징3회

쇠	재챈 챈　　챈　챈　　챈 챈 챈 챈 ……………………							쇠싸움
징	징　　징　　징　징　　징징징징 ……………………							
장구	더덩　덩　덩　덩　　덩덩덩덩 ……………………							
북	구궁　궁　궁　궁　　궁궁궁궁 ……………………							
쇠							잿	딱징 .3회
		잿		잿		지 잰	재　챈	
징	징		징		징			
장구	덩		덩		덩			
북	궁		궁		궁			

_ **외채**

　　외채는 '외모리' 라고도 하여 징이 한 번 들어간다. 외채는 이채와 결합되어 외채굿이 된다. 외채굿은 제굿이나 당산굿, 문굿 등에서 가장 먼저 연주되는 절차로 편성되어 있다.그리고 넘어가는 가락으로 많이 사용된다.

쇠									설명
	챈	지 잰	챈	챈	챈	지 잰	챈	챈	외채 넘어가는 가락
	챈	지 잰	챈	지 잰	챈	지 잰	챈	지 잰	외채(반복)
	지 잰	채	지 잰	채	지 잰	채	지 잰	채	넘어가는 가락
징	징				징				
	징				징				
	징				징				
장구	덩 따	궁	궁 따		덩 따	궁	궁 따		
	덩		덩	덩 따 궁	덩		덩	덩 따 궁	
	덩 따 궁	덩 따 궁	덩 따 궁		덩 따 궁	덩 따 궁	덩 따 궁		
북	궁 따	궁	궁 따		궁 따	궁	궁 따		
	궁		따 궁	따 궁	궁		따 궁	따 궁	
	궁 따 궁	궁 따 궁	궁 따 궁		궁 따 궁	궁 따 궁	궁 따 궁		

_ **음마갱갱**

음마갱갱은 외채와 더불어 넘어가는 가락으로 사용된다. 굿거리를 반복해서 연주할 때 '음마갱갱-이채'가 결합되어 3회에 걸쳐 반복되기도 한다.

쇠									설명
	재	챈	재	챈	챈	지	챈	재	넘어가는 가락
	은		지	재	챈	은	지	재	챈	음마갱갱(반복)
	은	지 리	재	챈					넘어가는 가락
	재	챈	재	챈	챈		잿		
징	징				징				
	징				징				
	징								
	징		징		징				
장구	더	덩	더	덩	덩	따	궁	따	
	덩		따	궁	따	덩		따	궁	따	
	더	더	더	덩		따			
	더	덩	더	덩	덩		따		
북	구	궁	구	궁	궁	다	따	따	
	궁		다	따	따	궁	다	따	따	
	궁	다	다	따	따				
	구	궁	구	궁	궁		따	궁	

_ 이채

이채는 일반적인 휘모리 가락과 같다. 모든 굿거리를 마칠 때 이채를 연주한다.

쇠	챈		지		챈		지		챈		지		챈		지	이채(반복)
	잿															맺는가락
징	징				징				징				징			
장구	덩				덩				덩			따	궁			
북	궁				궁				궁			따	궁			

_ 예절굿

예절굿은 '인사굿'이라고 하고, 대부분의 굿판에서 굿이 시작될 때와 마무리 될 때 연주된다. 예절굿이나 인사굿이라는 명칭에서 볼 때 절을 하는 것과 관련있는 것으로 생각되지만, 실제 절을 하지는 않는다. 절은 쇠싸움 가락과 결합되어 있다. 또한 현재 연행되지 않는 판굿에서는 예절굿 절차가 없다. 이 것으로 볼 때 근래에 진행된 예능화와 공연화의 과정에서 삽입된 것으로 짐작된다.

쇠	챈	챈		챈	챈		재	재	잰	챈	챈		잿	예절굿 1회
징	징													
장구	덩	덩		덩	덩		더	더	덩	덩	덩		딱	
북	궁	궁		궁	궁		구	구	궁	궁	궁		딱	

월포농악은 무대에서 공연되는 별도의 예능이 아니라 세시풍속상의 제의이자 놀이로 존재해왔다. 월포농악은 매년 음력 정월에 펼쳐지는 마을 축제 기간에 연행되었다. 그러므로 월포농악의 전승 배경과 유래는 주민들의 행위과 세시풍속이라고 할 수 있다. 다시 말하면 월포 사람들이 마을을 이루어 살면서 공동체의 안녕을 축원하기 위해 당산제를 모시고 풍물을 치기 시작하면서 월포농악이 시작되었다고 할 수 있다. 이런 취에서 본다면, 월포농악의 유래는 마을 공동체의 역사와 함께 한다고 할 수 있을 것이다. 한편 월포농악의 연행 종목 중의 하나인 문굿의 경우 특별한 유래가 전한다. 문굿은 잉기를 세워놓고 그 앞에 늘어서서 상징적인 행위들을 반복하면서 다채로운 가락을 연주하는 굿이다. 월포 사람들은 이 문굿이 군법의 엄격함과 통한다고 설명한다. 그리고 그 근원에는 수군 군영(軍營)에서 사용하던 군악대(軍樂)이 있다고 말한다. 전라좌수영 관할 오관오포의 수군들이 사용하던 군악으로부터 문굿이 유래되었다는 것이다.

월포농악의 특징

4. 월포농악의 특징

1) 월포농악의 현장성

월포농악은 정초의 세시풍속으로 전승되고 있다. 매년 음력 정월 초사흗날에 지내는 당제를 전후해서 당산굿-선창굿-간척지굿-제굿-마당밟이-문굿을 연행하고 있다. 요즘 들어 마당밟이의 경우 수요가 있을 때만 하고 있고 문굿은 축제나 대회에서 주로 치고 있으나, 나머지는 여전히 마을의 현장에서 연행되고 있다. 과거에 비해 약화되기는 했지만 전승현장의 본래적인 기능을 유지하면서 전승되고 있는 것이다.

월포농악의 현장성은 최근 농악의 일반적인 전승현황에 비춰볼 때 특징적인 현상이라고 할 수 있다. 무형문화재로 지정된 농악들의 경우, 무대 공연 중심의 활동이 일반화된 추세다. 주어진 시간 동안 관객들에게 갖가지 예능을 선보이는 것에 치중을 하고, 농악이 지닌 본래의 현장적인 기능은 소홀히 취급하는 경우가 많다. 이러다 보니 표면적인 요소가 확대되고 외형화된 예능만이 강조되는 경향이 있다. 무대 공연화된 농악은 표면적인 성대함과 기교를 강조할 뿐 현장적인 의미는 담보하기 어렵다. 농악의 본래 전승현장은 마을이라고 할 수 있는데, 그 현장을 떠난 농악은 예능만 남을 뿐이다. 마을마다 각기 특별한 날에 맞춰 특정 공간에서 상징적인 행위를 통해 의미를 창출하던 본래의 기능은 사라지고, 탈맥락화된 예능만이 남게 되는 것이다. 이렇게 될 경우 공연물의 외재적인 요소를 강조하는 방향으로 갈 수밖에 없게 된다.

현장이 살아 있는 농악의 경우, 공동체적 전승기반을 유지하고 있으므로 그것을 토대로 한 의미의 재생산이 이루어지고 문화적 권위를 확보할 수 있다. 월포농악은 공동체의 안녕과 풍년을 빌기 위한 목적으로 초자연적인 존재와 소통하는 시공간에서 연행되고 있다. 일반 오락이 아닌 제의적 연행이므로 '거리낌 없는' 사람들이 참여해서 정성을 다해 농악을 친다. 그리고 공동체의 축원과 신명을 마음껏 발산하는 축제를 펼쳐간다. 이와 같이 월포농악은 현장적인 기능을 유지하고 있는, 살아 있는 민속으로 전승되고 있다. '살아 있는 농악', 이 점은 월포농악의 가장 두드러진 특징이라고 할 수 있다.

현장성은 창조적인 역동성으로 작용하기도 한다. 새로운 수요가 있을 경우 그것을 수용해서 변화된 농악을 만들어 가기도 한다. 월포 사람들은 20년 전에 간척지를 만들어 농지로 만들었는데, 그 이후로 간척지굿을 새로 추가해서 연행하고 있다. 농경지 확보는 월포 사람들에게 각별한 일로 간주된다. 수많은 고난을 이겨내고 주민들이 단합해서 간척을 하고 그곳에서 벼농사를 짓게 된 것을 특별하게 여기고 있다. 이런 공동체의 경험을 문화적으로 수용한 것이 바로 간척지굿이다. 그래서 정월에 농악을 칠 때 바닷가에서 선창굿을 치고 난 다음 간척지굿을 치고 있다. 기존의 생업 공간인 바다와 새로 추가된 농경지를 아우르는 농악 연행을 하고 있는 것이다. 현장성을 토대로 한 창조적인 전승이라고 할 수 있다.

이와 같이 월포농악은 토속적인 가락 구성이나 예술적 짜임새와 같은 텍스트적 특징 이외에 현장성이라는 컨텍스트적 특징을 잘 보여준다. 월포농악이 지닌 현장성은 내적 특징을 더 강화하고 활성화시켜주는 작용을 해왔다고 할 수 있다. 월포농악이 지닌 생동감과 신명을 새롭게 발전시키고 재창조해가는 일이 앞으로 주어진 과제라고 할 수 있을 것이다.

2) 월포농악의 음악적 특징

(1) 월포농악 장단의 분류와 가락구조

① 월포농악 장단의 분류
월포농악의 장단과 가락들은 모두 이름이 붙여져 있으며, 상쇠에 의해 기록으로 정리되어 있다. 일반적으로 농악이 전승되는 마을에서 이와 같이 장단명이 확실하게 남아있는 경우는 매우 드물다. 그런데 월포농악의 경우에는 가락 하나 하나에 독특한 명칭들이 붙어 있고, 넘기는 가락이나 짧은 신호들에도 모두 명칭을 부여하고 있다.[25] 이러한 월포농악의 가락 명칭에서는 음악적 특성이나 구조뿐 아니라 역사적 적층성과 형성 배경을 드러내는 단서들도 발견된다. 그만큼 월포농악의 자료적 가치가 크다는 것을 알 수 있다.

따라서 이 장에서는 월포농악에 사용되는 장단의 명칭을 대상으로 유형별로 분류하고, 장단 명칭의 의미와 음악적 구조와의 상관성 등을 살펴보려 한다. 먼저 월포농악에 사용되는 장단의 명칭은 크게 일곱 가지의 갈래로 나누어 볼 수 있다. 차례대로 살펴보면 다음과 같다.

징의 연주 점수에 따른 명칭과 가락 : 채굿

채굿은 장단마다 연주되는 징의 점수에 따라 장단명이 결정된다. 월포농악의 채굿에는 외채(일채)부터 이채, 삼채, 사채, 오채, 육채, 칠채, 팔채에 이르는 다양한 장단이 있으며, 특히 삼채는 느린삼채, 중삼채, 자진삼채, 된삼채,

25) 명칭 없이 전해지는 가락이 적지 않았으나 정이동 상쇠가 가락보를 정리할 때 모든 가락에 명칭을 부여했다. 하지만 가락들은 이전부터 전해지는 것들이다.

삼채-칠채의 쇠가락 비교

삼채	재	챈		재	챈		챈		재	챈		
사채	챈		챈		챈							
	재	챈		챈		지	챈		재	재	챈	
오채	챈		챈		챈		챈		챈		챈	
	재	챈		챈		지	챈		재	재	챈	
육채	챈		챈		챈							
	재	챈		챈		지	챈		지	챈		지
	재	챈		챈		재	웃		지	잰		
칠채	챈		챈		챈		챈		챈		챈	
	재	챈		챈		지	챈		지	챈		지
	재	챈		챈		재	웃		지	챈		

정문삼채 등으로 세분되는 특성도 보인다. 실제로 모든 채굿 가락은 장단명에 붙은 숫자만큼의 징을 연주(아래의 가락악보 참조)하는데, 팔채 만큼은 이에서 벗어나 있다. 정이동 상쇠는 팔채에 대해 '팔채는 굿이 아니요, 팔채는 굿이라 믄 오판이제. 팔채는 굿 속에 안 들어 갑니다'라고 표현하고 있다. 즉 팔채는 칠채가 끝났다는 것을 의미하는 것이지, 실제 연주하는 가락은 아닌 것으로 여겨진다. 따라서 월포농악의 채굿은 외채부터 칠채까지라 할 수 있다.

삼채부터 칠채에 이르는 가락들을 비교해보면 삼채가 3소박 4박형인데 비해, 사채는 삼채에 2소박 3박을 앞머리에 붙여 놓은 형태이며, 오채는 2소박 6박(3소박 4박과 전체길이가 동일함)을 붙여놓은 모습이다. 육채는 3소박4박의 삼채 두 장단 앞머리에 사채와 같은 2소박 3박을 붙여 놓은 형태이며, 칠채는 육채의 앞 부분에 2소박 6박을 붙여놓은 모습이다. 다만 육채와 칠채는 마지막 징점을 생략하고 있다. 즉 채굿 장단들은 삼채를 기본으로 하여 징 한번을 추가할 수 있도록 반 장단씩 늘려나감으로써 칠채까지 만들어낸 것이다. 이를 징가락의 비교로 확인해보면 다음과 같다.

삼채-칠채의 징가락 비교

구분						
삼채	징		징		징	
사채	징					
	징		징		징	
오채	징				징	
	징		징		징	
육채	징					
	징		징		징	
	징		징			
칠채	징				징	
	징		징		징	
	징		징			

외채부터 칠채에 이르는 채굿은 독립적으로 연주되기도 하고 한꺼번에 연결하여 연주하기도 한다. 외채, 이채, 삼채 등은 거의 모든 절차에서 빠지지 않고 사용되며, 사채와 오채는 벅구놀이에서 연주한다. 육채와 칠채 등은 독립적으로 사용되지는 않으며 외채부터 칠채까지 연결하여 연주하는 〈채굿〉에서만 들을 수 있다. 〈채굿〉은 '모든 잡귀잡신을 내치고 오곡이 풍성하라' 는 의미를 지니고 있다고 한다.

삼채굿으로 묶일 수 있는 가락들은 느린삼채, 중삼채, 자진삼채(앵모리), 된삼채, 정문삼채, 발림삼채 등이다. 느린, 중, 자진, 된 등은 모두 속도에 따른 접두어이다. 느린삼채가 가장 능청거리는 느린 속도(♩.=112)인데, 이를 너나리굿에 사용하기 때문에 너나리굿 장단처럼 인식되기도 한다. 그러나 느린삼채는 너나리굿 이외에서도 사용되는 장단이므로 독립적으로 파악해야 할 것이다. 자진삼채 역시 앵모리라는 별칭을 갖고 있는데, 몰아간다는 의미를 담은 것으로 볼 수 있다. 가장 빠른 삼채는 된삼채이며 ♩.=138정도의 속도로 연주된다.

정문삼채(♩.=120)는 문굿을 연주할 때 연주하는 독특한 가락들을 지칭하는 것으로 '정문' 은 문 앞에서 연주한다는 의미를 나타내는 것으로 볼 수 있다. 또한 발림삼채의 '발림' 은 판소리꾼이 소리하면서 하는 몸짓을 지칭하는 것으로 월포농악에서는 춤을 의미하는 단어로 사용된 것이다. 삼채형 장단을 비교해보면 다음과 같다.

삼재형 장단의 가락비교

느린	챈		재	챈	지	잰	챈	지	잰	재	챈	
삼채	지	잰	채	잰		지	잰	챈	지	잰	재	챈
	챈		재	재	챈		웃		재	재	챈	
중	재	챈		재	챈		챈	지	잰	재	챈	
삼채	챈		챈		재	재	챈	지	잰	재	챈	
	챈		재	재	챈		웃		재	재	챈	

자진	재	챈	재	챈	챈	재	챈			
삼채	챈	챈	재	재	챈	재	챈			
된삼	지 잰	지 잰	챈	잿						
채	챈 지	챈 지	챈	잿						
발림	챈 재	챈 재	은 지 잰	챈 재						
삼채	지 챈	챈 지 잰	은 지 잰	챈 재						
	(징)	지 잰	재 챈							
정문	챈	지 잰	재 챈							
삼채	챈 재	재 챈	은 지 잰	재 챈						
	챈	잿 재	챈 재	재 챈						

위의 가락들을 살펴보면 삼채형 장단은 모두 3소박 4박의 구조로 되어 있다는 점이 공통적이다. 그러나 느린삼채부터 중삼채, 자진삼채, 된삼채에 이르는 가락들은 속도가 점점 빨라지면서 쇠가락들이 점차 단순해지는 것을 볼 수 있다. 반면 발림삼채는 4소박째에 '챈-재'를 늘려 붙여서 능청거림을 강조하고 있으며, 정문삼채는 앞 두 장단에서 매우 간결한 장단을 배치함으로써 긴장감을 살리는 효과를 거두고 있다. 3소박 4박이라는 공통점 이외에 속도와 독특한 가락의 배치를 통해 다른 명칭과 기능으로 활용하고 있는 것이다.

이처럼 월포농악에서는 다양한 목적과 기능을 이름에 담아 가락을 세분하고 있다. 타악기 합주로 이루어지는 농악은 상징성이 매우 높은 음악인데, 각각의 상징성을 다시 언어로 형상화함으로써 대상을 구체적으로 파악하려는 성향을 보이는 것이다. 가락들의 이름과 기능들의 구체화는 연주자들로 하여금 농악의 상징성을 깊이 이해하고 표현하게 하는 데에 도움이 될 수 있는 것이라 여겨진다.

연행 형태에 따른 명칭과 가락
쇠싸움, 갈림쇠, 예절굿(인사굿), 노래굿, 진풀이(새끼풀이), 태극진, 미지기, 삼방울진 등의 가락들의 명칭은 연행형태를 본 딴 것이다. 쇠싸움은 가락을 처음 낼 때 쇠를 비롯한 모든 악기들이 느리게 시작하여 빠르게 몰아가는 것을 지칭한다. 이 때 악기들이 경쟁적으로 소리를 몰아가므로 '싸운다'는 표현을 사용한 것으로 볼 수 있다.

갈림쇠는 상쇠와 중쇠가 쇠를 번갈아 연주하는 것을 뜻한다. 쇠소리가 '갈려 나간다'는 의미의 명칭이라 할 수 있다. 진풀이(새끼풀이), 태극진가락, 미지기, 삼방울진 등의 가락은 진의 모양을 본 딴 것이다. 또한 노래굿, 예절굿 등도 어떤 연행형태를 보이는가에 따라 명칭을 부여한 것들이다.

노래굿은 노래를 부르면서 치는 굿이다. 상쇠의 선소리를 나머지 치배들이 받아 후렴을 한 후 오장소리로 합창한다. 민요에서 오장소리는 두 가지 용례를 찾아볼 수 있다. 첫째는 경상도지역의 매우 느린 논매기요에서 사용되는 오장소리이며, 둘째는 전라도 동부지역의 상여소리에서 불려지는 오장소리이다. 상여소리의 오장소리에서는 음악적으로 다섯 개의 장을 구별하기도 하는 등 음악적 세련성과 다양함을 특징으로 한다. 이는 일반인이 아닌 당골에 의해 불리는 소리이기 때문에 가능해지는 것이다. 그러나 월포농악의 오장소리는 그리 느린 소리가 아닌데다 선율이 아닌 구호에 가깝기 때문에 민요의 오장소리와 연계하여 생각하기는 어렵다. 이처럼 민요의 오장소리와 직접적인 관련이 있는지는 확인되지 않으나 오장소리를 농악에서도 부른다는 점은 매우 흥미롭다. 노래굿에 불리는 노래의 악보를 살펴보면 아래와 같다.

노래굿은 경토리로 되어 있으며, 메기는소리는 3소박 4박으로 메기지만 받는소리는 박이 들쭉날쭉한 상태이다. 그리고 마지막에 부르는 오장소리 '얼싸 절싸'는 구호에 가깝게 표현되고 있다.

연행 장소에 따른 명칭과 가락

문굿, 샘굿, 마당굿, 성주굿, 정지굿, 철룡굿, 질굿(옛질굿, 헐미사질굿), 주행굿(절갱굿) 등은 연행장소에 따라 이름을 부여한 것들이다. 문 앞에서 연주하는 문굿, 샘에서 연주하는 샘굿, 마당에서 연주하는 마당굿, 마루 위에 성주 상을 차려놓고 연주하는 성주굿, 부엌의 정지굿, 장독대의 철룡굿 등이 있으 며, 행진 때 연주하는 질굿(길굿), 당산굿과 문굿에서 짧은 공간의 이동에 사용 하는 주행굿도 여기에 포함시킬 수 있다.

한편 질굿에는 옛질굿과 헐미사(협률사)질굿의 두 가지가 있다. 옛질굿은 옛날질굿, 구식질굿 등으로도 불린다. 헐미사질굿은 협률사질굿이 와전된 말 이다. 일제 강점기 말에 창극 공연을 하며 유랑하던 협률사가 공연 선전용으로 연주하던 굿거리가락이 전라남도에 수용되면서 얻은 이름이 협률사질굿, 또는 협률질굿이다. 지역에 따라 '햅률질굿'이나 '신식질굿', '요즘질굿', '사당패 질굿'이라고도 한다. 고흥 월포에서는 헐미사질굿으로 이름이 변화되어 있는 데, 이는 협률사를 기억하는 이들이 남아있지 않은 상황임을 말해준다.

본래 협률사의 굿거리식 질굿이 수용되기 이전에는 혼소박 구조의 질굿이 전승되고 있었다. 혼소박질굿은 본격적인 굿을 치기 전에 제장을 정화하는 기 능으로 연주한다. 이러한 질굿은 본래는 '질굿'이라 불렀으나, 협률사질굿이 수용된 이후에는 '옛질굿'이라 부르게 되었다. 옛질굿은 혼소박이 불규칙하게 조합된 굿가락이기 때문에 연주하기가 쉽지 않다. 때문에 많은 마을에서는 이 가락의 전승이 단절되어 있거나, 상쇠만 기억하여 징, 장구와 같은 나머지 악 기들이 연주하지 못하는 경우가 태반이다. 그에 비하면 월포의 옛질굿은 전승 상태가 좋다. 모든 악기가 연주를 완벽하게 해내고 있기 때문에 옛질굿의 본래 적 모습을 확인할 수 있다.

판굿에서는 옛질굿을, 그리고 그 이외의 행사에는 헐미사질굿을 사용해 왔 지만 현재는 판굿을 거의 연행하지 않기 때문에 대부분의 질굿을 헐미사질굿으 로 연주하고 있다. 2008년도 정월에도 당산과 선창, 간척지 등을 이동할 때, 가 가호호 마당밟이를 할 때, 문굿을 할 때에 모두 헐미사질굿을 연주하였다. 그러 나 1994년도 자료에 의하면 문굿을 연주할 때에는 옛질굿을 사용하였음을 확 인할 수 있다. 옛질굿에서 헐미사질굿으로의 변화를 읽을 수 있다.

전남의 많은 마을들에서 이미 옛질굿이 사라지고 협률질굿만이 남아 있는 것이 보편적인 상황인 것을 생각한다면 옛질굿이 기억되고 연주할 수 있는 정도로 전승되고 있는 것이 그나마 다행이라 할 수 있다. 그러나 옛질굿의 점점 역할이 사라진다면 그 전승마저도 어려워질 것이라 생각된다. 이를 방지하기 위해 의도적으로 옛질굿의 역할을 지정하여 연주할 수 있도록 배려해야 할 것이다. 예를 들어 문굿을 연행할 때만이라도 옛질굿을 연주하도록 하였으면 한다.

음악적 특성에 따른 명칭과 가락

앵모리, 업몰이, 허허굿, 매지는 가락, 양산도가락, 영산다드래기, 창영산, 접창영산 등이 음악적 특성과 관련된 명칭을 사용하는 가락들이다. 음악적 특성에 따른 가락 명칭을 사용하는 경우는 세 가지로 다시 세분할 수 있다.

첫째, 앵모리와 업몰이와 같은 속도 개념을 붙인 가락들이다. 앵모리나 업몰이의 '모리'와 '몰이'는 몰아간다는 의미이다. 흔히 자진모리, 휘모리와 같이 빠른 속도의 장단에 주로 사용한다. 업몰이와 앵모리 역시 매우 빠르게 연주되므로 '모리'가 같은 의미로 사용되었음을 알 수 있다. 한편 업몰이나 앵모리가 판소리와 무속음악 장단인 엇모리, 엇중모리 등과 관련이 있을 가능성은 그리 크지 않다. 박자의 구조가 판소리와 전혀 다르기 때문이다. 한편 앵모리는 자진삼채의 별칭으로 사용되는 것이므로 본격적인 장단명으로 볼 수는 없다.

둘째, 영산다드래기, 창영산, 접창영산과 같이 '영산가락류'로 묶을 수 있는 가락들이 있다. '영산'이란 음악적인 완성도가 높은 대상에 붙여지는 명칭[26]으로 본래 불교에서 사용하던 것을 빌어온 것이다. 그런데 영산가락들이 모두 혼소박이라는 점에 주목할 필요가 있다. 그리고 장단의 일부 가락은 옛질굿과도 유사하다.

혼소박형 가락들에 특별한 이름인 '영산'을 부여한 것은 여러 가지로 해석해볼 수 있다. 이들 가락이 제의성을 띠는 것인지, 불교와의 관련성에 의해 이러한 이름이 붙은 것인지, 혼소박형이기 때문에 난이도가 높고 예술성 있는 장

26) 김학주, "좌도 영산 가락에 대한 음악적 고찰", 한국정신문화연구원 석사논문, 1987.

단이라는 의미에서 붙은 것인지 증명할 자료는 없다. 그러나 공통적으로 영산이라는 단어를 사용하는 장단들이 모두 혼소박으로 되어 있다는 점은 혼소박형의 장단과 '영산'이라는 단어를 모두 특별히 인식하고 있는 것이라 할 수 있을 것이다.

셋째, 허허굿과 양산도가락, 매지는 가락 등도 음악적 기능이나 형태에 의해 붙여진 명칭들이다. 허허굿은 '허허'라는 구음을 외치기 때문에 붙은 이름인데, 이 가락 역시 혼소박형이다. 매지는 가락은 맺는다는 의미로 붙여진 이름이며, 양산도가락은 〈양산도〉라는 민요와 장단이 동일하기 때문에 붙은 이름이다.

구음을 본 딴 명칭과 가락

너나리굿(느린삼채), 니로로, 음마깽깽, 딱징(쇠끝음), 도리동산굿, 중도리동산 등은 구음을 딴 명칭들이라 할 수 있다. 너나리와 니로로 등은 관악기 구음으로 생각된다. 대개 관악기의 구음으로 '너누나노느'이나 '러루라로르' 등의 구음을 사용하기 때문이다. 농악을 연주할 때 태평소가 연주되는 점에서 태평소 구음과의 관련성도 짐작해볼 수 있다.

음마깽깽과 딱징, 도리동산 등은 꽹과리와 징 등의 타악기소리를 흉내 낸 구음으로 여겨진다. 그리고 도리동산굿과 중도리동산은 속도의 차이로 구별된 것이다. 너나리굿은 상쇠의 개인놀이에서 연주되는 가락으로 춤장단의 흥청거리는 기분을 '너나리'와 같은 구음으로 표현한 것이라 볼 수 있다.

강강술래와 관련된 명칭과 가락

강강술래와 유사한 굿가락 이름으로는 굿풀이(멍석풀기), 고사리꺽자, 청어엮자 등을 들 수 있다. 또한 북놀이(벅구놀음) 과정에서 진행되는 〈등치기, 발치기, 수박치기, 땅치기〉의 절차 역시 강강술래와 연관된다.

멍석풀기는 대열을 멍석감기로 감았다가 푸는 것을 말하는데, 이는 강강술래의 덕석몰기, 덕석풀기와 동일한 형태의 진법이다. 고사리꺽자는 '끊자끊자 고사리끊자 고사리 대사리 끊자' 라는 가락의 구음을 가지고 있으나 실제 구음을 노래하지 않고 악기로 표현할 뿐이다. 구음과 쇠가락이 일치한다. 청어엮기 역시 '청애영자 청애영자 청청자 청애영자' 또는 '청애영자 청애영자 연평도 청애영자' 라는 구음을 갖고 있으나 실제로 구음을 노래하지 않는다.

〈등치기〉는 북수들이 등을 맞추는 것이고, 〈발치기〉는 북을 발로 차면서 도는 것이다. 그리고 〈땅치기〉는 땅에 북을 쳐서 올렸다가 내리는 것이고, 〈수박치기〉는 손벽을 맞추는 것이라 한다. 이러한 동작과 놀이는 강강술래의 〈손치기 발치기 살치기〉 등과 비교할 수 있다. 이와 같은 유사성을 표로 정리하면 다음과 같다.

월포농악과 강강술래의 유사 대목

월포농악	강강술래
멍석풀기	덕석몰기, 덕석풀기
고사리꺾기	고사리꺾기
청어엮기	청어엮기
등치기, 발치기, 땅치기, 수박치기	손치기, 발치기, 설치기

춤과 관련된 명칭과 가락

풍류굿(춤굿), 대풍류, 발림삼채(춤굿) 등이 춤과 관련된 가락들이다. '풍류' 는 넓게 보면 자연과 친화하면서 시문, 음주가무, 청담 등을 즐기는 풍치있고 우아한 태도나 생활을 의미하기도 하며, 좁은 의미로는 음악에 있어서 줄풍류나 대풍류와 같은 악기편성을 가리키기도 한다. 흔히 대풍류는 춤반주로 가장 많이 활용되는 것이어서 풍류굿, 또는 대풍류의 가락명칭을 춤과 관련한 장단에 붙인 것이라 여겨진다. 발림삼채 역시 판소리의 소리꾼이 하던 몸짓을 의미하는 '발림' 을 빌어와 춤굿에 붙인 것으로 볼 수 있다.

② 혼소박형 장단의 가락구조

월포농악은 혼소박형 장단이 많다. 혼소박형 장단의 전승이 쉽지 않기 때문에 다른 지역에서는 가장 먼저 사라지고 단절되는 것이 일반적인 경향이다. 때문에 혼소박형 장단을 잘 전승하고 있다는 점은 월포농악의 가장 큰 장점 가운데 하나라 할 수 있다. 여기에서는 혼소박형 장단들을 모아 그 구조를 분석하여 보려 한다.

월포농악에 사용된 혼소박형 장단으로는 옛질굿, 영산다드래기, 창영산과 접창영산, 니로로, 허허굿, 진풀이굿, 굿풀이굿 등이 있다. 우선 옛질굿부터 살펴보면 다음과 같다.

옛질굿 □=220

재	챈		챈		챈		재
챈		챈	지 챈	챈		재	챈
챈	지 챈	지 챈	챈	지 챈	챈		
지	잰	챈	지 잰	챈	지 챈	지 잰	재 챈
챈		재 챈		챈	지 잰	웃	챈
챈	지 잰	웃		챈			

위 장단의 3소박과 2소박의 조합은 숫자로 표현할 수 있다. 각 행별로 나누어 정리하면 333/2332/2332/23233/3333/33으로 나타낼 수 있다. 두 번째 행과 세 번째 행은 2332의 구조로 동일한데, 이는 전국의 길굿에서 동일하게 나타나는 공식구이다. 이러한 2332의 가락구조는 진풀이굿과 굿풀이굿에서도 그대로 반복된다. 진풀이굿은 첫 박에 징만 연주한 후 나머지를 연주하는 장단으로, 여타 지역의 이동굿, 또는 벙어리일채와 같은 이름의 장단과 같다. 굿풀이굿은 '챈-재챈(32)'을 세 번 연주한 후 2332형 가락을 두 번 연주하고 있다.

진풀이굿과 굿풀이굿의 2332형 가락

진풀이굿	(징)		챈		지 잰	챈		재	챈
굿풀이굿	챈		재	챈		챈		재	챈
	챈		재	챈					
	챈		챈		지 잰	챈		재	챈
	채	챈	챈		지 잰	챈		재	챈

한편 진풀이굿은 항상 영산다드래기 이후에 연결하여 연주하는 장단이므로 영산다드래기와 구조를 비교할 필요가 있다. 영산다드래기와 진풀이굿을 비교하면 다음과 같다.

영산다드래기 (□=280)와 진풀이굿

	챈		챈		재	챈	
	챈		챈		재	챈	
	챈		잰	챈	재	챈	
(징)	챈	지 잰	챈		재	챈	

영산다드래기는 232/232/332의 구조가 반복되는 형태이며, 마지막 332는 진풀이굿의 2332 가운데 첫 2소박이 생략된 것이다. 따라서 영산다드래기 이후에 진풀이굿의 연결이 자연스러울 수 있다.

2332형 가락은 다른 혼소박 장단에서도 주축을 이룬다. 허허굿 역시 2332가 주축이 된 장단이다. 허허굿은 3232형이 첫 줄과 마지막 두 줄에서 사용되고 있으며 2332가 중반에 4차례 연속 사용되고 있다.

허허굿

챈		재	챈		챈		재	챈
챈		챈	지	잰	챈		재	챈
챈	지	챈	지	잰	챈		재	챈
지	잰	챈	지	잰	챈	지	잰	챈
챈	지	챈	지	잰	챈	지	잰	챈
챈		챈		챈				
챈		잿		허		허		
챈		잿		허		허		

창영산은 33/3232/33/332로 되어 있고 접창영산은 2332/2332/332의 구조로 되어 있다. 창영산과 접창영산은 마지막 장단이 332로 동일하여 두 장단의 연계성을 찾을 수 있다. 창영산에서는 2332 가락을 찾을 수 없으나 접창영산에서는 2332 가락을 두 번 연속 사용하고 있다.

창영산과 접창영산 □=240

창영산	챈		챈						
	챈		재	챈		챈		재	챈
	재	챈	재	챈					
	챈	지	잰	챈		재	챈		
접창영산	챈		챈		재	챈		재	챈
	재	잰	챈	지	잰	챈		재	챈
	은		지	잰	챈		재	챈	

니로로굿도 영산다드래기나 창영산, 접창영산의 332형 장단이 사용되고 있다. 332형은 2332형의 앞부분 생략형이므로 질굿의 변형태로 볼 수 있다.

니로로굿

니로로!		재	챈		재	챈
챈	지 잰	챈		재	챈	

이상에서 살펴본 바와 같이 혼소박형 장단은 2332형 가락을 중심으로 이루어지며, 그 변형태로 332형 가락이 사용되고 있다. 또 3232형 가락도 빈번히 사용되고 있다. 2332형 가락은 옛질굿과 진풀이굿, 굿풀이굿, 허허굿, 접창영산에 사용되고 있으며, 332형 가락은 영산다드래기와 창영산, 접창영산에 사용되고 있다. 그리고 3232형은 허허굿, 굿풀이굿, 창영산에서 나타난다.

혼소박형 장단의 가락구조 비교

소박형태 / 장단명	2332	332	3232
옛질굿	○		
진풀이굿	○		
굿풀이굿	○		○
허허굿	○		○
니로로		○	
영산다드래기		○	
접창영산	○	○	
창영산		○	○

(2) 월포농악의 음악적 의미와 특징

월포농악은 생명력 넘치는 모습으로 전승되고 있다. 예술성이 뛰어난 전문 음악인의 풍물굿과는 다른, 소박한 마을굿과도 다른 독특한 맛을 지니고 있다. 여기에서는 월포농악의 멋이 어떤 요소 때문에 비롯되는 것인지 몇 가지로 요

약하여 정리해보고자 한다.

첫째, 월포농악에서는 북의 역할이 중요하다. 수십 명의 치배들이 연주하는 웅장한 북소리의 장관이 월포농악을 대변하는 주요 키워드 가운데 하나인 것이다. 1993년도 월포농악의 치배 구성은 쇠-4, 농부-2, 징-3, 장구-3, 북-5, 벅구-11, 소고-14, 잡색-2로 북 종류의 악기가 치배의 대부분을 차지하는 것을 볼 수 있다. 풍물굿에서 북이 강조되는 것은 남해안지역의 일반적인 특성이지만 연행자들이 줄어들고, 여성의 참여가 늘어나면서 웅장한 북소리를 듣는 일이 점점 어려워지는 상황에 있다. 그러나 월포농악에서 북 중심 풍물굿의 전형적인 모습을 확인할 수 있다.

벅구는 북보다 작고 소고보다는 조금 큰 악기이다. 북은 최근에 들어 치기 시작한 것이고, 과거에는 북보다 이 벅구를 주로 쳤다고 한다. 또한 소고는 여자들이 치고 있는데, 원래 농악대에 여자가 끼지 않았으므로 소고 역시 최근 들어 사용하게 된 것이다. 따라서 월포농악의 특성은 수십 명의 남자들이 연주하는 벅구에 있으며, 벅구를 든 치배들의 춤사위야말로 꿈틀거리는 월포농악의 생명력을 상징하는 것이었다고 할 수 있다.

이와 같은 벅구 연주의 중요성은 '벅구놀이'에 대한 인식에서도 나타난다. 당산굿을 하는데 있어서 벅구놀이를 포함한 것은 '당산굿'이라 하고, 벅구놀이를 제외시키고 연행하는 것은 '흘림당산굿'으로 구분하고 있는 것이다. 벅구놀이라 함은 치배의 재량을 뽐내기 위한 목적으로 연행하는 것이므로 당산굿에 포함되지 않는 것이 보통인데, 월포농악에서는 정반대로 벅구놀이를 포함하는 것이 원형이고, 포함하지 않는 것이 변형으로 간주되는 것이다. 그만큼 벅구놀이를 특별히 생각하는 인식태도를 읽을 수 있다.

남성 중심의 벅구 연주는 절도 있는 진법에서 더욱 빛을 발한다. 문굿 연주에서 볼 수 있는 행진과 여러 형태의 진법에서 월포농악은 일사분란하고 집중력있는 움직임을 보여준다. 이러한 모습은 마치 군대의 사열을 연상케 할 만큼 절도가 있다. 각 치배 개개인의 흥겨운 춤사위와 전체적인 굿패의 움직임이 조화를 이루며, 상쇠의 지휘 하에 만들어내는 진법의 모습은 가히 장관이다. 월포농악의 절도 있는 연행양상은 군대음악과의 연관성이 있을 것이라는 짐작을 가능케 할 정도이다.

둘째, 월포농악은 마을농악에서 보기 어려운 가락 명칭을 모두 갖고 있다는 점이 독특하며, 절차구성의 기록이 남아 있다는 점을 특징으로 꼽을 수 있다. 특히 월포농악의 가락 명칭에서는 음악적 특성이나 구조뿐 아니라 역사적 적층성과 형성 배경을 드러내는 단서들도 발견된다.

월포농악의 가락명칭은 징의 연주 개수에 따른 명칭과 가락(채굿), 연행 형태에 따른 명칭, 연행 장소에 따른 명칭, 음악적 특성에 따른 명칭, 구음을 본딴 명칭, 강강술래와 관련된 명칭, 춤과 관련된 명칭 등 7가지로 나누어볼 수 있다. 이처럼 다양한 명칭들을 활용하여 농악 가락의 상징성을 언어로 형상화하려 한 것이다. 그만큼 월포농악의 자료적 가치가 크다고 할 수 있다.

셋째, 전통성과 고졸함은 월포농악의 중요한 음악적 가치로 꼽을 수 있다. 월포농악의 전통성은 월포농악 자체가 오래되었다는 것이 아니라 전승하고 있는 음악적 내용에 전통성이 있다는 것이다. 이는 전승상태가 양호하다는 의미로도 해석 가능하다. 즉 월포농악이 생명력과 활력이 넘치는 농악이라는 것이다.

특히 월포농악의 전승가락 가운데 혼소박형 가락들에서는 고졸한 맛을 느낄 수 있다. 월포농악의 여러 가락 가운데 옛질굿, 영산다드래기, 창영산과 접창영산, 니로로, 허허굿, 진풀이굿, 굿풀이굿 등 8개 장단에서 혼소박형 가락을 볼 수 있다. 이들은 2332형과 332형, 그리고 3232형 등 다양한 혼소박의 조합으로 만들어져 있으며, 공통적인 가락구조를 이용하여 서로 연결하여 연주되고 있다.

또한 월포농악의 '농부'는 전통적인 교육방법을 살펴볼 수 있다는 점에서 음악교육적 가치가 매우 높은 존재라 할 수 있다. 농부는 상쇠를 키워내기 위한 방법으로 어린 아이들로 하여금 상쇠 뒤를 따르며 춤추게 하는 교육적 차원의 역할이다. 악기를 주지 않고 긴 장삼소매를 입혀 춤만 추게 함으로써 가락과 진법을 몸으로 체득하게 하려는 것이다. 이와 같은 전통적인 교육방법은 현재의 예술교육에도 시사하는 바가 크다고 본다.

　점점 농악을 전승할 인력이 부족해짐에 따라 앞으로 월포농악의 전승력도 쇠퇴해갈 수밖에 없는 현실에 놓여 있다. 어쩌면 이미 변화의 길에 들어서 있는지도 모른다. 그러나 월포농악의 독특한 특성들을 중심으로 보존·계승에 대한의 노력을 경주해 나가는 동시에 월포농악을 활성화시킬 수 있는 방안들을 모색한다면, 우리 시대의 문화로 다시 한번 생명력을 불어넣어 줄 수 있을 것이라 기대한다.

윗꼬농악은 무대에서 공연되는 것으로 그 기능이 아니라 세시풍속상의 재이어서 놀이로 존재해왔다. 윗꼬농악은 매년 음력 정월에 관지되는 마을 축제 기간에 연행되었다. 그리하여 윗꼬농악의 전승 대상과 유래는 주민들의 생활과 세시풍속에서 찾을 수 있다. 다시 말하면 윗꼬 사람들의 마음을 하구어 상면서 공동체의 안녕을 축원하기 위해 당산제를 모시고 풍년을 기기 시작하면서 윗꼬농악이 시작되었다고 할 수 있다. 이런 점에서 본다면, 윗꼬농악의 유래는 마을 공동체의 역사와 긴밀하다고 할 수 있을 것이다. 또한 윗꼬농악의 연행 악기 중의 하나인 농군이 경우 특별한 유래가 있다. 농군은 일기는 내에 놓고 그 앞에 놀이에서 상징적인 행위들을 반속하면서 미래로운 가락을 연주하는 것이다. 윗꼬 사람들은 이 분같이 군음의 원형인가 동한다고 설명한다. 그리고 그 근원에는 수군 주영(水營)에서 사용되던 군악(軍樂)이 있다고 믿었다. 전라좌우영 관할 우라우포의 수군들이 사용하던 군악으로부터 농악이 유래되었다는 것이다.

부록
사진 자료 / 정이동 상쇠의 자필가락보

사진 자료

1~2 당산굿을 치고 있는 장면(1993년)

3 당산굿에서 상쇠를 따라다니는 농부들(1993년)
4 당산굿에서 쇠잽이들의 보풀놀이(1993년)

5 당산굿을 치고 있는 군총들과 최병태 상쇠(1993년)

6 당산굿을 치고 있는 장면

7 마을에 우물이 있었을 때 쳤던 샘굿(1993년)

8 선창굿을 치기 위해 이동

9 방파제 위에서 선창굿을 치고 있는 장면(1993년)

10

10 방파제 공사를 하던 해에 연행된 선창굿

11 배에 올라타서 뱃굿을 치는 장면

12 뱃굿 연행장면

13 배를 타고 뱃굿 연행

148   고흥 월포농악

14

14 판굿을 치고 있는 최병태 상쇠(1993년)

15 판굿을 치고 있는 군총들(1993년)

16

16 포창(대포수)의 제사 장면

17 포창(대포수)의 제사 장면

18 생전의 최병태 상쇠(1993년)

19 대포수(1993년)

20 대포수

21

21 제33회 민속예술경연대회 공연(1992년)

22 제27회 고흥 군민의날 행사에서 시연(2001년)
23 제8회 전남도민의날 시연(2004년)

24 제8회 전남도민의날 시연(2004년)

25

25 제8회 전남도민의날 시연(2004년)

26 면민의날 행사로 추정

27 금의회 창단 21주년 기념 공연

28 전수생들을 교육하는 장면
29 전수생들과 기념촬영

정이동 상쇠의 자필가락보

월동마을 옛적부터 이어온 당산굿 순서

차 례	치는 박자	순 간
1) 싸움가락	제처. 체. 체. 처. 처…… ※(떡)(징)	한 번
2) 외채가락	첸지젠이. 천지젠이.	약 간
3) 늦기는가락	지젠채. 지젠채	나 번
4) 휘몰이가락	첸지. 첸지. 첸지. 첸것…… ※(떡)(징)	약 간
5) 절비사	천~첸지젠채. 천~첸지젠채 / 천~첸지젠채. 천 젯채	⎫
행진굿가락	제첸~첸지젠채. 제첸~첸지젠채 / 제젠~첸지젠채. 제첸 젯채 / 천~천. 첸지젠이. 첸지젠이. 젠채	목적지까지 ⎬
6) 외채가락	첸지젠이. 첸지젠이	약 간
7) 늦기는가락	지젠채 - 지젠채	나 번
8) 휘몰이가락	첸지. 첸지. 첸지. 첸지	약 간
9) 싸움굿가락	제첸. 첸. 첸. 첸……… ※(떡)(징)	한 번
인사굿가락	천~첸. 천~첸. 제체첸청 첸 젯 (징)	한 번
휘몰이가락	첸지. 첸지. 첸지. 첸지	약 간
외·징	(외 떡) (쟁 징)	1 번
주항굿가락	젯첸. 젯첸. 첸지젠이. 젯첸	약 간
싸움가락	제첸. 천. 첸. 첸……	1 번
휘몰이가락	지젠채. 첸지. 첸지. 첸지. 첸지	약 간
싸움가락	제첸. 천. 첸 첸 -----	1 번
갈입어가락	젯첸~젯첸. 젯첸. 젯첸	약 간

자필가락보 당산굿 1

1) 휘몰이가락	첸지、첸지、첸지、젼지	약 간
2) 싸움가락	제첸、첸첸첸 (땍 징) 첸 첸 첸……	1 번
3) 감았어가락	젓첸、젓첸、젓첸、젓첸	약 간
4) 휘몰이 가락	첸지、첸지、첸지、첸지	약 간
5) 싸움 가락	제첸 첸첸첸(땍징)(땍징) 첸첸첸……	1 번
6) 감았어가락	젓첸、젓첸、젓첸、젓첸	약 간
7) 휘몰이 가락	첸지、첸지、첸지、첸지	약 간
징을 중지하고 주력음이 장고、북、소고、쇠) 가락		
북 장고 시작	청、청、청、청	1 번
1) 무림 삼채가락	첸제、첸지젼이、첸지젼이 젓첸 / 지젼채 첸지젼이 첸지젼이 젓첸	약 간
2) 어름굿 가락	첸제、젓첸、은제、젓첸	약 간
1) 중삼채 가락	제첸、제첸、첸지젼이、젓첸 / 청청、은제라、첸지젼이、젓첸	약 간
2) 어름굿가락	첸제、젓첸、은제、젓첸	약 간
3) 외채 가락	첸지젼이、첸지젼이	″
4) 넘기는 가락	지젼체、지젼첸	4 번
5) 휘몰이가락	첸지 첸지、첸지、젼지	약 간
6) 잦진삼채가락	제첸、제첸、첸지젼이 / 젼지、제첸、첸지젼이	약 간
7) 마 갱갱 가락	제첸、제첸、은지젓첸、은지젓첸 / 이지기、젓첸、지젼、지젼、첸~젓	약 간 / 1 번

자필가락보 당산굿 2

쉬 휘몰이 가락	첸지 · 첸지 · 첸지 · 첸지	약간
음마갱갱 가락	제첸 · 제첸 · 은지젯첸 · 은지젯첸 이지개 · 젯첸 · 지젠 · 지젠 · 첸~젠	약간
쉬 휘몰이 가락	첸지 · 첸지 · 첸지 · 첸지	약간
음마갱갱 가락	제첸 · 제첸 · 은지젯첸 · 은지젯첸 이지개 · 젯첸 · 지젠 · 지젠 · 첸~젠	약간 1번
쉬 휘몰이 가락	첸지 · 첸지 · 첸지 · 첸지	약간
쉬 <<사>음 가락	제첸 · 첸 첸 첸 · · · · ·	1번
쉬 하고, 상쇠는 끝수고 앞에까지 가서 쉬를 위로 들고 정수 앞까지 와서 적정한 장해에서 쉬를 세번 끝나다		
쉬끝음	(따 징) (따 징) (따 징)	1번
쉬	은지젠이 · 젯첸	"
쉬 버나외돌 가락	첸제 · 첸지젠이 · 첸지젠이 · 젯첸 지젠제 · 첸지젠이 · 첸지젠이 · 젯 첸	약간
쉬 어름 가락	첸지젠이 · 젯 첸	3번
쉬 외채 가락	첸지젠이 · 첸지젠이	약간
쉬 넘기는 가락	지젠제 · 지젠첸	4번
쉬 휘몰이 가락	첸지 · 첸지 · 첸지 · 첸지	약간
쉬 어름 가락	젯첸 · 젯 첸	1번
쉬 중삼채 가락	재첸 · 제첸 · 첸지젠이 젯첸 지젠 · 첸제 · 첸지젠이 젯 첸	약간
쉬 음마갱갱 가락	제첸 · 재첸 · 은지젯첸 은지젯첸	약간

자필가락보 당산굿 3

	이지기·젯천·지천·지천·천-칫	1 번
몰이가락	천지·천지·천지·천지	약간
어름 가락	젯천·젯천	1 번
된삼채 가락	제천·제천·천-젯천 젠천·제천·천-젯천	약간
음마갱갱가락	제천·제천·은지젯천·은지젯천 이지기·젯체·지천·지천·천~젯	약간 1 번
후몰이 가락	천지·천지·천지·천지	약간
음마갱갱가락	제천·제천·은지젯천·은지젯천 이지기·젯체·지천·지천·천~젯	약간 1 번
휘몰이 가락	천지·천지·천지·천지	약간
음마갱갱 가락	제천·제천·은지젯천·은지젯천 이지기·젯체·지천·지천·천~젯	약간 1 번
휘몰이가락	천지·천지·천지·천지	약간
끝음	(따각징)(따각징)(따각징)	1 번
영산 마들이 가락	천이·천이·젯천·천이·천이·젯천 천지젠이·천이·젯천 천이·천이·젯천·천이·천이·젯천 천지젠이·천이·젯천	1 번
진출이굿 가락	은~천지젠이·천이·젯천	약간
외채 가락 섬걸음 가락	천지젠이·천지젠이 지젠체·지젠체	약간 4 번

자필가락보 당산굿 4

휘몰이가락	첸지 · 첸지 · 첸지 · 첸지	약간
싸움굿 가락	재첸 · 첸 · 첸 첸 첸 ·····	1 번
게넘굿 가락	첸~첸 · 첸~첸 · 재재첸쳉 · 첸 쟁 (쟁)	1 번
휘몰이 가락	첸지 · 첸지 · 첸지 · 쩬지	약간
싸움 가락	재첸~첸 쩬 첸 · 첸 ·····	한번
그믐음	쟁첸 · 찟첸 · 지쩬 · 지쩬 · 쳉~쟁	"
위 가락에	힘껏 청청거리면 각자 개인의 특기를 내어논다	

때 ~○○9년 월 일
전남 고흥군 금산면 신평리 월포 마을
지방 무형 문화재 제 제호
문화재 정 이 동
843 - 7059
010 - 7774 - 1461

자필가락보 당산굿 5

(지신 밟기 가락)

차 례	지 는 박 자	순 간
쇠 사용 가락	채이、첸、첸、첸 ⋯⋯	1 번
와채굿 가락	첸지젠이、첸지젠이	약간
쇠 넘기는 가락	지젠채、지젠채	4 번
휘몰이 가락	첸지、첸지、첸지 (땅、깅)	약간
헐미사 행진굿 가락	첸、첸지젠채 、첸、첸지젠채 첸、첸지젠채 、첸 젠채 지젠、첸지젠채 、지첸、첸지젠채 지젠、첸지젠채 、지첸 젠채 첸~첸、첸지젠、첸지젠、젠첸	목적지 까지
※ 마을 동각에서 가을 집 앞까지 가면서 굿 치는 집앞 대문 까지 가서 굿 가락을 끌고 뭐뭐 문열소	가락 문열소
뭐뭐 문열소	첸、첸、첸지젠 、첸、첸、첸지젠	3 번
어름굿 가락	첸젠、첸지젠이、첸쳐、첸지젠이	약간
외채굿 가락	첸비젠이 、첸지젠이	약간
쇠넘기는 가락	지젠채 、지젠 채	4 번
휘몰이 가락	젠지 、첸지 、첸지	약간

※ 위와 같이 굿을 치 위에 상채굿 가락으로 칠수 있다
※ 집 마당에 잠시 놀기전에 우물샘이 있으면 샘굿을 친다
   샘이 없으면 마당에서 잠시 놀이를 하다가 마루에가서
   산주굿을 칠때 무행굿 치면서 마루로 들어 간다	

무행굿 가락	첸젠、첸지젠、첸지젠、젠 젠	약간

자필가락보 마당밟이 1

차 례	치 는 방 자	순간
외 싸움굿 가락	채어、 젠 첸 첸 ……	1 번
휘몰이 가락	(지젠채) 첸지 첸지 채지	약간
외 싸움 가락	채어、 첸 첸 첸 ……	1 번
갈잡이 가락	젯첸、 젯첸、 젯첸、 젯첸	약간
즉 위 갈잡이	가락을 상기와 어울이 주고、 받고	한다
휘몰이 가락	첸지、 첸지、 첸지	약간
외 싸움 가락	채어、첸첸첸ᆞᆞ(딱、징)첸첸첸…	1 번
갈잡이 가락	젯첸、젯첸、젯첸、젯첸	약간
휘몰이 가락	첸지、 첸지、 첸지	약간
외 싸움 가락	채어、첸첸첸…(딱징)(딱징)첸첸첸…	1 번
갈잡이 가락	젯첸、 젯첸、 젯첸、 젯첸	약간
휘몰이 가락	첸지、 첸지、 첸지	약간
외 싸움 가락	채어、 첸 첸 첸 ……	1 번
외 끝음	(딱、징) (딱、징) (딱、징)	1 번
어름쇠 가락	첸지첸、 젯첸	1 번
너나뒤굿 노랫삼채 가락	첸지、첸지첸、첸지첸、젯첸 지젠채、첸지첸、첸지첸、젯첸	약간
어름굿 가락	첸지첸、젯첸、첸지첸、젯첸	3 번
위 채굿 가락	첸지첸어、첸지첸어	약간
쇠 넘기는 가락	지젠채、지젠채	4 번
휘몰이 가락	첸지、첸지、첸지	약간

자필가락보 마당밟이 2

차 례	치 는 박 자	순 간
어름굿 가락	젯 천 、 젯 천	1 번
중삼채 가락	지전、 지전 、 천)지전、 젯)천 천、천、엣챠라、천)지전、 젯 천	약 간
음마갱갱 가락	지전、지전 及 은지젯)천、은지젯천	약 간
	지제지、천제、지전、지전、천)지젯	1 번
휘몰이 가락	천지、천)지、천지	약 간
어름굿 가락	젯 천 、 젯천	1 번
된삼채 가락	지전、지전 、천~젯천 천)제、지전、천~젯천	약 간
음마갱갱 가락	지전、지전及은지젯천、은지젯천	약 간
	지제지、천제、지전、지전、천)지젯	1 번
휘몰이 가락	천지、천지、천지	약간
음마갱갱 가락	지전、지전及은지젯)천、은지젯천	약 간
	지제지、천제、지전、지전、천)지젯	1 번
휘몰이 가락	천)지、천지、천)지	약간
어 걸음 가락	(짝、징)(짝、징)(짝、징)	1 번
영산 다드래기 가락	천、챙、젯천、챙、챙、젯천 천지천이、천、젯 천 챙、챙、젯천、챙、챙、젯천 천지천어、천、젯 천	1 번
휘몰이 가락	천)지、천지、젯지 ※(짝、징)	약간

자필가락보 마당밟이 3

차 례	치 는 방 자	순 간
※ 굿을끝고 상쇠가 우두정창으로.		
배귀며. ※ 굿 전만원들이 (예)하면		
※ 상쇠가 잡귀잡신은 쳐내고. 명 과		
복덕은 겨을이세 한다		
삼채굿 가락	천제、찌지찐、첸천 청 찟	약 간
	지제재、첀지찐、첸천 청 찟	
※ 마루에서 나와 조왕굿 치로 봉억으로 나 간다		
※ 그때에 대포수 및소동수 각 졸들은 집알뜰에다가		
자리를 펴서 자리에 상을 놓고. 상 위에 쌀과 돈 과		
수저에다 실 한꼭지를 걸어두고. 정화수를도		
한 그릇을 놓다		
※ 대포수들은 물그릇에 쌀을 세 번 집어넣고、		
물그릇을 손에 들고、집안을 한바		
이 지남에 임면 꺼내 재수와 복사안을 밥거며		
그 자실으 포수들이 주건이 밝거이 하면서		
첸기 신령님께 아뢰오 동방 청제 장군、남방 적제		
장군 、서방 백제 장군、북방 흑제 장군 중앙 황제		
장군 사해 용왕신님 이 집안에 모든 잡귀		
잡신은 먼 동해 바다에 다 소멸하시고		
금년 농사는 오곡이 풍성 해동하고、집안에 모든		
일에 소원 성취하며 주삽시오 (고시레) 하고		
물은 집 지붕위에다 올려 뿌린다、대강 이건식으로한다		

자필가락보 마당밟이 4

차 례	치 는 박 자	순 간
※ 끝단원들은 부역 앞에서 외채굿 가락을 내어친다		
외채굿 가락	천지천이 、천지천이	약간
쇠 넘기는 가락	지전채、지젠채	4 번
휘몰이 가락	천지、천지 천지	약간
삼채굿 가락	지전、지전、천지전、젓천 전、천、엊채리천지전、젓 천	약간
음마갱갱 가락	지전、지전、※ 온지젓천、온지젓 천	약간
	지제리 천제、지전、지전、천지잿	1 번
휘몰이 가락	천지、천지、천지	약간
사채굿 가락	천、천、엊천、지전、천제、천지전、젓천	약간
어름 가락	천 천 엊천 ※ 지전、지전	1 번
음마갱갱 가락	온지젓 천 、온지 젓 천	약간
	지제리 천제、지전、지전、천지젼	1 번
휘몰이 가락	천지、천지、천지	약간
오채굿 가락	천、천、엊천、천、천、엊천 지전、천제、천지전、젓천	약간
어름굿 가락	천 천 엊천 천 천엊천 ※지전、지전	1 번
음마갱갱 가락	온지젓천、온지젓천	약간
	지제리 천제、지전、지전、천지젼	1 번
휘몰이 가락	천지、천지、천지	약간
칠채굿 가락	천 천 엊천、천 천 엊천	1 번

자필가락보 마당밟이 5

	지젼, 첸져, 첸져, 졘, 첸	약간
	지졘, 첸져, 엣첸젼	
자진삼채 가락	지젼, 지젼, 첸지젼	약간
	첸져, 지젼, 첸지젼	
음마 경경 가락	지젼, 지젼, 옷, 은지젳첸, 은지젳첸	약간
	지제의 첸져, 지젼, 지젼, 첸지젼	/ 번
휘몰이 가락	첸지, 첸ㄱ지, 첸지	약간
삽몰이 가락	지젼, 첸져, 챙~챙~챙	약간
	첸져, 젼제, 챙~챙~챙	
※ 위에 가락.	부엌을 마쳐 집 뒤를 돌아가면서 철영 뒤에서	집을
청룡으로	회고 나와 말마당에서 잠시 물러가	상쇠
향하여 집	한번 하른가 점두면 징하는 것은	
뜻에 따라	아른다	
※ 고시레	란 사설은 각 지방에 따라	사설이
다르다	또 다른 거리를 할 때	
상쇠가	구두 죽창으로 메귀여 (후렴)	
친 간원들이 (예이~) 엄정, 해방, 관제,		
구설, 삼제, 잡난은 물 아래로 / / 지수쟝지고,		
명과 복연 많 천 들이세		
※ 또 이런 거리를 하는 곳도 있다 방주석도 벗주석		
마룩주석도 병주석, 정지주석도 벗주석 주석 구석		
열두주석에 점과 많은 물 돈이요 오곡을 일년 매매		
거 들이세 이런 곳도 있다 끝		

자필가락보 마당밟이 6

(월물 제굿 치는 박자)

No.

차 례)	치 는 박 자	순간
쇠 싸움 가락	챈이· 첸 첸 첸·····	한 번
외 채 가락	첸지 젠이 첸지 지젠이	약간
쇠 넘기는가락	지젼 채 · 지젼 채	4 번
휘 몰이 가락	첸지· 첸지· 첸지	약간
쇠 끊음	(쇠 1막) (쟁 쟁)	한 번
주행굿 가락	첸젼· 첫젼· 첸지젼· 첫젼	약간
쇠 싸움 가락	첸이· 첸 첸 첸 ·····	1 번
휘 몰이 가락	지젼채 · 첸지· 첸지· 첸지	약간
쇠 싸움 가락	첸에 첸 첸 1첸 ··· ·	1 번
갈 림쇠 가락	첫첸· 첫첸· 첫첸· 첫첸	약간
휘몰이 가락	첸지· 첸지· 첸지	약간
쇠 싸움 가락	첸이· 첸 첸 첸 (쟉· 쟁) 첸첸첸)	1 번
갈림쇠 가락	첫첸· 첫첸· 첫 첸· 첫첸	약간
휘몰이 가락	첸지· 첸지· 첸지	약간
쇠 싸움 가락	첸이· 첸 첸첸 (짝 쟁)(짝 쟁) 첸첸첸···	1 번
갈림쇠 가락	첫첸· 첫첸· 첫첸· 첫첸	약간
쇠 뒤에 갈림쇠 가락은 상쇠와· 쇠몰이 주고· 받고 한다		
휘몰이 가락	첸지· 첸지· 첸지	약간
쇠 싸움 가락	첸이· 첸 첸첸· 첸첸젼····	1 번
쇠 끊음 가락	(짝 쟁) (짝 쟁) (짝 쟁)	1 번
쇠 어름 가락	첸지첸이· 첫 첸	1 번

자필가락보 제굿 1

차 례	치 는 박 자	순 간
긴 나리풍 느린 삼채 가락	첸제 · 첸지젼 · 첸지젼 · 젼 첸 / 지젼채 · 첸지젼 · 첸지젼 · 젼 첸	약 간
쇠 여름 가락	첸지젼이 · 젼 첸 · 첸지젼이 젼 첸	3 번
쇠 채쫏 가락	첸지젼이 · 첸지젼이	약 간
쇠 넘기는 가락	지젼채 · 지젼채	4 번
휘몰이 가락	첸지 · 첸지 · 첸지	약 간
느린 삼채 가락	첸제 · 첸제 · 첸제 · 젼 첸 / 지젼 · 첸제 · 첸제 · 젼 첸	약 간
쇠 여름 가락	지젼 · 첸제 · 첸~젼	1 번
휘몰이 가락	첸지 · 첸지 · 첸지 · 첸지	약 간
중 삼채 가락	첸 · 첸 · 엿 채라 · 첸제 · 젼 첸 / 지젼 · 첸지젼 · 첸제 · 젼 젼	약 간
여름 가락	지젼 · 첸제 · 첸~젼	1 번
휘몰이 가락	첸지 · 첸지 · 첸지 · 첸지	약 간
사채 가락	첸 · 첸 엿첸 · 지젼 · 첸지젼 첸제 젼첸	약 간
여름 가락	첸 · 첸 엿첸 쯧 지젼 · 첸제 · 첸~젼	1 번
휘몰이 가락	첸지 · 첸지 · 첸지	약 간
오채 가락	첸 · 첸 엿첸 · 첸 · 첸 엿첸 / 지젼 · 첸지젼 · 첸제 · 젼 첸	약 간
여름 가락	첸첸엿첸 첸 · 첸 · 엿첸쯧 지젼 첸제 · 첸~젼	1 번
휘몰이 가락	첸지 · 첸지 · 첸지	약 간

자필가락보 제굿 2

차 례	치 는 박 자	순 간
쇠 끌음 가락	(깩, 징) (깩, 징) (깩, 징)	1 번
어 름 가락	천지젠이, 젓 천	1 번
너나리옷 한 삼채 가락	천지, 첸지젠, 젠지젠, 젓 천 / 지젠채, 첸지젠, 첸지젠, 젓 천	약 간
어름 가락	첸지젠이, 젓천, 천지젠이, 젓 천	3 번
외 채 가락	천지젠이, 천지젠어	약 간
쇠 넘기는 가락	지젠채, 지젠채	4 번
휘 몰이 가락	천지, 천지, 천지	약 간
쇠 끌음 가락	(깩, 징)	1 번
쇠 싸움 가락	첸 첸 첸 ……	1 번
※ 전 잽이들은 위 쇠싸움 가락에 맞춰 앞 잔을 향하여 절 한 번 한다		
쇠 끌음 가락	(깩, 징) (깩, 징) (깩, 징)	1 번
어름굿 가락	천지젠이, 젓 천	1 번
너나리옷 한삼채 가락	천지, 첸지젠, 천지젠, 젓 천 / 지젠채, 첸지젠, 첸지젠, 젓 천	약 간
어름굿 가락	천지젠어, 젓 천, 천지젠어, 젓천	3 번
외채굿 가락	천지젠이, 천지젠이,	약 간
쇠 넘기는 가락	지젠채, 지젠채	4 번
휘몰이 가락	천지, 천지, 천지	약 간
쇠 끌음 가락	(깩, 징)	1 번

자필가락보 제굿 3

차 례	치 는 박 자	순 간
① 싸움 가락	ᄂ. 첸 첸 첸 …… ᄅ. 첸 젠 젠 ……	ᄅ 번
② 전군원 들은 ①의 쉬싸움 가락에 맞쳐 양짝 %로 향하여 접수번 한다		
③ 치끌음 가락	(짝·징) (짝·징) (짝·징)	ᄀ 번
④ 어름춤 가락	첸지젠이 · 젠 첸	ᄀ 번
⑤ 너나의 춤 / 제 삼채 가락	첸제 · 첸지젠 · 첸지젠 · 젯 첸 / 지젠채 첸지젠 · 첸지젠 · 젯 첸	약간
⑥ 어름춤 가락	첸지젠이 · 젯첸 · 첸지젠이 · 젯 첸	3 번
⑦ 채춤 가락	첸지젠이 · 첸지젠이	약간
⑧ 넘기는 가락	지젠채 · 지젠채	4 번
⑨ 몸이 가락	첸지 · 첸지 · 첸지	약간
⑩ 어름춤 가락	첸지 · 첸지 · 지젠 갱 갱	약간
⑪ 삼채 가락	지젠 · 지젠 · 첸지젠 / 첸제 · 지젠 · 첸지젠	약간
⑫ 갱갱 가락	지젠 · 지젠 ※ 은지젠젠 · 은지젯첸	약간
	지제회 첸제 · 지젠 · 지젠 · 첸지젠 ·	ᄀ 번
⑬ 몸이 가락	첸지 · 첸지 · 첸지	약 간
⑭ 갱갱 가락	지젠 지젠 ※ 은지젯첸 · 은지젯첸	약간
	지젠이 젠제 · 지젠 · 지젠 · 첸지젠	ᄀ 번
⑮ 몸이 가락	첸지 · 첸지 · 첸지	약 간
⑯ 갱갱 가락	지젠 · 지젠 ※ 은지젯첸 · 은지젯첸	약간

자필가락보 제굿 4

	지제리 · 체제 · 지젠 · 지젠 · 천지젯	1번
휘몰이 가락	천지 · 천지 · 천지	약간
쇠끌음 가락	(땍 · 장) (땍 · 장) (땍 · 장)	1번
영산 다드래기 가락	챙 · 챙 · 젯천 · 챙 챙 · 젯천 천지젠이 · 천 젯 천 챙 · 챙 · 젯천 · 챙 챙 · 젯 천 천지젠이 · 젠 · 젯 천	1번
진풀이굿 가락	은 · 천지젠이 · 천 젯천	약간
외채굿 가락	천지젠이 · 천지젠이	약간
쇠넘기는 가락	지제채 · 지젠채	4번
휘몰이굿 가락	천지 · 천지 · 천지	약간
쇠끌음	(땍) (장)	1번
굿끝박 가락	천제 · 젠제 · 지제 지젠 챙 젯	끝

서기 2007년   월   일

전남 고흥군 금산면 신평리 월포 마을
지방 무형 문화재 제 27 호
정 이 동
전화 061-843-7054
010-7174-1461

자필가락보 제굿 5

자필가락보 문굿 1

차 례	치 는 박 자	순 간
쇠 넘기는가락	지젠채 · 지젠채	3번
장구 가락	덩덕궁 · 덩덕궁	
쇠 휘몰이가락	첸지·첸지 · 첸지·첸지	약간
장구 가락	덩·덩 덩덕궁덕	
쇠 사움 가락	째첸·첸·첸·첸·첸··· (첸)	1번
장구 "	더덩·덩·덩·덩·덩··· (덕)	
쇠 인사굿 가락	첸~첸·첸~첸·째체첸첸·첸~첸	1번
장구 "	덩~덩·덩~덩·더더덩덩·덩 덕	
쇠 외채굿 가락	첸지젠이 · 첸지젠이	약간
장구 "	덩~덩 덩덕궁	
쇠 넘기는굿 가락	지젠채 · 지젠채	3번
장구 "	덩덕궁 · 덩덕궁	
쇠 휘몰이굿가락	첸지·첸지 · 첸지·첸지	약간
장구 "	덩·덩 덩덕궁덕	
쇠 와 쟁	(쇠) (쟁) 끝 (징)	1번
쇠 두령굿 가락	젱첸·젱첸·첸지젠이·젱첸	약간
장구 "	덩덩·덩덩·덩덕궁 궁덕	
쇠 싸움굿가락	째첸·첸첸·첸첸···· (지젠채)	1번
장구 "	더덩·덩·덩·덩덩··· (덩덕궁)	
쇠 휘몰이굿가락	첸지·첸지·첸지·첸지	약간
장구 "	덩·덩 덩덕궁덕	

자필가락보 문굿 2

차례	치는 박자	횟수
쇠 사룸굿가락	제첸, 첸, 첸, 첸, 첸 ……	1번
장구 〃	더덩, 덩, 덩, 덩, 덩 …	
쇠 갈침쇠가락	젯첸, 젯첸 (첫 상쇠와 섞을이 두고 받고)	약간
장구 〃	덩딱다 덩딱다	
쇠 휘몰이굿가락	(지친쳐) 첸지, 첸지, 첸지, 첸지	〃
장구 〃	(덩딱덩) 덩 덩 덩딱중딱	
쇠 사룸굿가락	제첸, 첸첸첸 (각징) 첸첸첸…	1번
장구 〃	더덩, 덩덩덩 (덩) 덩덩덩…	
쇠 갈침쇠굿가락	젯첸, 젯첸 • 젯첸, 젯첸	약간
장구 〃	덩딱다, 덩딱다, 덩딱다, 덩딱다	
쇠 휘몰이굿가락	(지천쳐) 첸지, 첸지, 첸지 첸덩	〃
장구 〃	(덩딱중) 덩 덩, 덩딱중딱	
쇠 사룸굿가락	제첸, 첸, 첸첸 (막 징)(막 징) 첸 첸첸…	1번
장구 〃	더덩, 덩덩덩 (덩) (덩) 덩, 덩덩…	
쇠 휘몰이굿가락	(지천쳐)첸지, 첸지, 첸지 첸지	약간
장구 〃	(덩딱중) 덩 덩 덩딱중딱	
※ 징을 중지하고, 구석놀이와 용몰이가락		
쇠 구석놀이 가락	첸, 첸, 첸, 첸	1번
장구	덩, 덩, 덩, 덩	
쇠 용천상취굿가락	첸제 첸에젠에, 첸지젠에, 젯 첸	약간
	지첸, 첸지젠에, 첸지젠에, 젯 첸	

자필가락보 문굿 3

차 례	치 는 방 자	순 간
장구 가락	덩딱、덩딱쿵、덩딱쿵、쿵딱 더덩、덩딱쿵、덩딱쿵、쿵딱	약간
쇠 어룸굿 가락 장구 〃	체제、쩻쩬、은지전、쩻쩬 덩딱 쿵딱、주쿵딱 쿵딱	4
쇠 큰삼채굿가락 장구 가락	쩻쩬、제쩬、、쩬지쩬、쩻쩬 쳉 쩽、은체라、쳉지쩬、쩻쩬 덩딱、덩딱、덩딱쿵、쿵딱 덩덩、쿵딱쿵、덩딱쿵、쿵딱	4
쇠 어룸굿 가락 장구 〃	체제、쩻쩬、은지전、쩻쩬 덩딱 쿵딱、주쿵딱 쿵딱	〃
쇠 외채굿 가락 장구 〃	쳉지쩬어、쩬지쩬이 덩~덩、덩딱쿵	〃
쇠 넘기는굿가락 장구 〃	지쩬처、지쩬처 덩딱쿵、덩딱쿵	3 번
쇠 휘몰이굿 가락	쳉지 쩬지、쳉지、체지 덩 덩 덩딱쿵딱	약 간
쇠 자진삼채가락	쩻쩬、제쩬、쳉지쩬이 체제、쩻쳇、쳉지쩬이 더덩、더덩、덩딱쿵딱 덩딱、덩아、덩딱쿵딱	약 간
쇠 음악개갱 가락	(제전、제쩬) 은지쩬쩬、은지쩬쩬	〃

자필가락보 문굿 4

차 례	치 는 법 차	순간
쇠 매지는굿가락	외지기, 젠천, 지전,지젠, 천~젠	1번
쇠 휘몰이굿가락	천지, 천지, 젠지,젠지	약간
장구 음마갱갱가락	(더렁, 거렁) 겅딱 궁딱, 겅딱 궁딱	"
장구 매지는굿가락	더러렁, 성딱, 거렁, 거렁, 겅~딱	1번
장구 휘몰이굿가락	앙 덩, 성딱궁딱	약간
※ 참고 = 위에 음마갱갱가락을 총3번을 되풀이치고		
※ 참고 = 하에 서서움가락에서 절을치고		
쇠 서움굿가락	젠천, 젠, 천, 젠, 천·····	1번
장구 "	더렁, 덩,덩, 덩덩·····	
※ 참고 = 상쇠는 꿇고 앞에까지 가서 쇠를 위로		
들고 정수 앞에까지 와서 꿇어앉은 상태에서 쇠를3번치		
쇠 절굿요	(1딱 징) (2딱 징) (3딱 징)	1번
쇠	오지젠이, 젠지천	"
※ 참고 = 너나위굿에 맞춰서 전잡이들은 좌향으로		
굿을치나 ※ 상쇠는 꿇어앉은 상태에서 쇠를 감을찾고		
서서 쇠걸음놀이와 상모놀이를 하면서 손짓으로		
중서에 제 굿지렁을 하면서 논다		
쇠 너나위굿가락	천젠, 젠지젠이, 천지젠이, 젠천	약간
	젠천, 천지젠이, 천지젠이, 젠천	
쇠 어름굿가락	천지젠이, 젠천, 천지젠이, 젠천	3번
쇠 휘재굿가락	천지젠이 _ 젠지젠이	약간

자필가락보 문굿 5

차 제	치 및 박 자	순간
쇠 넘기는굿가락	지전채 지전채	3 번
쇠 휘몰이굿가락	첸지·첸지 - 첸지·첸지	약간
장구느린삼채	덩닥·덩닥궁·덩닥궁·궁닥 더덩·덩닥궁·덩닥궁·궁닥	약간
장구 어름굿 가락	덩닥궁·궁닥	3 번
장구 외채굿가락	덩~덩·덩닥궁	약간
장구넘기는굿가락	덩닥궁·덩닥궁	3 번
장구 휘몰이굿가락	덩·덩·덩닥궁닥	약간
쇠 서름굿 가락	젯첸·젯첸	1 번
장구	덩덩 덩덩	
쇠 굿삼채가락	제첸·제첸 - 첸지첸이·젯첸 첸첸·첸첸 - 첸지첸이·젯첸	약간
쇠 음매갱갱가락	(제첸·제첸)으지젯첸·으이젯첸	〃
쇠 마지는 가락	이지지 젯첸·지저·지젠·젼~첸	1 번
쇠 휘몰이가락	첸지·첸지·첸이·첸이	약간
장구 굿삼채가락	더덩·더덩·덩닥궁·궁닥 덩닥·덩닥·덩닥궁·궁닥	〃
장구 음매갱갱가락	(더덩·더덩)덩닥궁닥·덩닥궁닥	〃
장구 넘기는굿가락	더더덩·덩닥·더덩·더덩·초~닥	1 번
장구 휘몰이 가락	덩 덩 - 덩닥궁닥	약간
쇠 어름굿 가락	젯첸·젯첸	1 번

자필가락보 문굿 6

No. 7

차 례	치 는 방 자	순 간
장구어름줏가락	덩 덩 . 덩 덩	1 번
쉬된삼채 가락	제첸 . 제첸 . 첸~젯 채 / 젼제 . 젼제 . 첸~젯 차	약 간
쉬음마 갱갱가락	(젼첸 . 제첸) 은지젯첸 은지젯첸 / 이지리 젓첸 지젼 . 지젼 . 젯첸	약 간 / 1 번
쉬 휘몰이 가락	첸지 . 제왕 . 첸지 . 첸왕 (딱 징)	약 간
장구 됫삼채 "	더덩 . 더덩 . 덩~쿵딱 / 덩딱 . 덩딱 . 덩~쿵딱	"
장구 음마 갱갱	(더덩 . 더덩) 덩딱쿵딱 . 젼딱쿵딱 / 더더덩 . 덩딱 . 더덩 . 더덩 . 쿵딱	" / 1 번
장구 휘몰이 가락	덩 덩 . 덩딱쿵딱	약 간

※ 참고 : 삼쇠가 두줄로된줏단원 안에서 쇠가 하고 또 그때 실료 가쇠를하여 세우고 쇠쇠들이 상쇠 마중을 나온면 정문삼채 준비를한다섯 그르롯 첬 하면서 젼깐원들이 과정한다 ※ 여기서부터 문굿 정문삼채 가락

문굿 정문삼채	그르롯 (첬) 그르롯 젯첸 / 첸제 젯첸 . 은지젼 . 젯첸 / 첸~젯첸 . 첸제 젯첸	1 번
쉬 삼채중 가락	첸제 . 첸제 . 첸제 . 젯첸	3 번
	첸~젯채 . 첸제 젯채	
	첬~첬 . 은제라 . 첸제 . 젯첸 / 체 체제젼 . 체지젼어 . 은체 지리 젯체	1 번

자필가락보 문굿 7

차 제	치 는 방 자	순 간
장구	더러덩 (덩) 더러덩、중막	
	덩막궁、덩막、덩막궁、중막	1 번
	덩~덩막、 덩막중막	
장구 삼채굿가락	덩막、덩막、덩막궁、중막	3 번
	덩~중막、 덩막 중막	
	덩 덩、덩막궁、덩막중막	1 번
	더러덩、덩막중、더덩가막、중막	
쉬 어름굿 가락	쳰제、 젯쳰、 은지젼、 젯쳰	일순간
	덩막중막、 중막중、중막	
쉬(장)준비박	쳬제、은제좌、 쳬제 쳇쳰	2 번
	쳬젼 쳬제、 쳰~젯 ※ (장)쳰좌	1 번
장구	덩막、중막중、덩막 중막	2 번
	덩막、덩막、중~막	1 번
※ 참고 : 앞굿 문굿 정문삼채 해설과 동일함		-
문굿 정문삼채	조르륵 (창) 조르륵 젯쳰	
	쳬제、젯쳰、 은지젼、 젯쳰	1 번
	쳰~젯쳰 、 쳬제、 젯 쳰	
쉬 삼채 가락	쳰제、쳰제、 쳰지젼、 젯쳰	3 번
	쳰~젯쳰、 쳰제、 젯쳰	-
	쳰 쳰、 은제좌、쳬제、 젯쳰	1 번
	쳬 쳬제、 쳰지젼、 은쳰지좌 젯쳰	

자필가락보 문굿 8

차 례	치 는 박 자	순 간
※ 참고 : 이하음 끗 가락에서부터 징을 중지 한다		
장구	더더덩 (덩) 더더덩·궁딱 ·	
	덩딱궁·겅딱·덩딱궁·궁딱	} 1 번
	덩~덩딱·덩딱·궁딱	
삼채 가락	덩딱·겅딱·덩딱궁·궁딱	3 번
	덩~궁딱·덩딱·궁딱	
	덩덩·덩딱궁·덩딱·궁딱	} 1 번
	더더덩·덩딱궁·더덩기딱·궁딱	
②어름끗 가락	첸저·젓천·으지젠·젓천	
	덩딱·궁딱·궁딱궁·궁딱	} 약간
	첸제·은제라·첸제·젓천	2 번
③(징)준비박	첸제·첸제·천~젓 ※ (징)친다	1 번
	덩딱·덩딱궁·덩딱·궁딱	2 번
	더덩·더덩·덩~딱	1 번
※ 참고 : 앞전 문끗 정문삼채 해설과 동일 함		
	즈르륵 (청) 즈르륵 젓천	
	첸제·젓천·으지젠·젓천	} 1 번
	천~젓천·첸제·젓천	
④삼채끗 가락	첸제·첸제·첸지첸·젓천	3 번
	천~젓천·첸제·젓천	
	청청·은제라·첸제·젓천	} 1 번
	체체첸·체지젠의 은첸지러·젓천	

자필가락보 문끗 9

차 례	치 는 박 자	순 간
※ 참고: 이곳	가락에서부터는 징을 중지한다	
장구 왼갱정문삼채	더러덩 (덩) 더러덩, 궁딱	
	덩딱궁, 덩딱, 덩딱궁, 궁딱	1 번
	던~덩딱, 덩딱, 궁딱	
장구 삼채중가락	덩딱, 덩딱, 덩딱궁, 궁딱	3 번
	덩~궁딱, 덩딱, 궁딱	
	덩덩, 덩딱궁, 덩딱, 궁딱	1 번
	더러덩, 덩딱궁, 더덩기딱, 궁딱	
∥ 어름굿가락	체제, 젯쳔, 은지쳔, 젯쳔	약 간
	덩딱, 궁딱, 궁딱궁 궁딱	
∥ (장)준비박	쳔제, 은제자, 쳔제, 젯쳔	2 번
	체제, 쳔제, 쳔~쩃 궁(징을 친다)	1 번
장구	덩딱, 덩딱궁, 덩딱 궁딱	2 번
	더덩, 더덩, 덩~딱	1 번
∥ 삼채굿가락	제쳔, 제쳔, 쳔지쳔이	
	쳔제, 젯쳔, 쳔지쳔이	약 간
장구	더덩, 더덩, 덩딱궁딱	
	덩딱, 덩딱, 덩딱궁딱	
∥ 음마갱갱가락	(제쳔, 제쳔) 은지젯쳔, 은지젯쳔	약 간
	이지지, 젯쳔, 지쳔, 지쳔, 젯쳔	1 번
∥ 휘몰이 가락	쳔지, 쳔지, 쳔지, 쳔지	약 간

자필가락보 문굿 10

차 례	치 는 방 자	순 간
① 사물 중 가락	제첸 첸 첸 첸 ····	1 번
의 끝	(따 징) (따 징) (따 징) ·	
장구	(더렁더렁) 덩딱궁딱 · 덩딱궁딱	약 간
	더러렁 · 덩딱 · 더렁 · 더렁 · 궁~딱	1 번
장구 휘몰이 가락	덩 덩 · 덩딱궁딱	약 간
	더렁 · 덩덩 · 덩덩 ····	1 번
	(덩) (덩) (덩)	
③ 창영산 가락	첸 첸 · 첸젠첸 · 첸 젠첸	
	젠첸 · 젠첸 · 첸지젠이 첸~젠첸	
장구	덩 덩 · 덩딱궁 · 덩딱궁	⟩ 3 번
	더렁 · 덩덩 · 덩딱궁 · 덩~딱궁	
④ 접창영산	첸~첸젠첸 · 제 첸 · 제첸 첸지젠이 첸젠	
	으지첸 · 첸~젠 첸	⟩ 3 번
장구	덩~덩딱궁 · 더렁 더렁 · 덩딱궁 · 덩딱	
	덩기딱 · 덩~딱궁	
⑤ 참고 ː 주비 방 가락은 이번에 빼먹치고 다음부터는 안친다		
⑥ 대풍류 준비방	첸~젠첸 · 첸지젠이 · 젠 첸	1 번
	첸지젠이 · 젠첸 · 첸지젠이 · 젠첸	
⑦ 대풍류 중 가락	첸지젠이 · 첸지젠이 · 첸지젠이 · 젠 첸	
	체젠채 으지젠이 · 체젠채 으지젠이	⟩ 3 번
	체지첸 · 첸지젠이 · 첸 첸~챙젠	

자필가락보 문굿 11

차 례	치 는 박 자	순 간
	천~젯천 · 천지젠이 · 젯천	
	천~젯천 · 천지젠이 · 젯천	
※참고 : 위에 대롱류 준비박 가락에서 전간 원들은 좌정 하여 좌로 한번 돌고 우로 한번 돌고 끗가락에 맞처 3번 한다		
대롱류준비박	덩~덩딱 · 덩딱쿵 · 쿵딱	2 번
장구 대롱류가락	덩딱쿵 · 쿵딱 · 덩딱쿵 · 쿵딱	3 번
	덩딱쿵 · 덩딱쿵 · 덩딱쿵 · 쿵딱	
	더러덩 · 덩쿵기닥 · 더러덩 덩쿵기닥	
	더덩 · 덩딱쿵 덩 덩~덩딱	
	덩~덩딱 · 덩딱쿵 · 쿵딱	
	덩~덩딱 · 덩딱쿵 · 쿵딱	
※ 참고 : 삼채 가락에서 전간 원들은 어러선다		
④ 삼채 가락	제천 · 제천 · 천지젠이	약 간
	천제 · 천제 · 천지젠이	
장구	더덩 · 더덩 · 덩딱쿵딱	
	덩딱 · 덩딱 · 덩딱쿵딱	
(더음마기갱갱	(제천 · 제천)은지젯천 · 은지젯천	약 간
	어지꽈 · 젯천 · 지전 · 지전 젯천	1 번
⑤ 휘몰이 가락	천지 · 천지 · 천지 · 천지 (막 징)	약 간
장구	더덩 · 더덩 · 덩딱쿵딱 · 덩딱쿵딱	"
	더러덩 · 덩딱 · 더덩 · 더덩 · 쿵~딱	1 번
	덩 덩 · 덩딱쿵딱	약 간

자필가락보 문굿 12

190   고흥 월포농악

차 례	치 는 박 자	눈 안
※참고 : 상쇠구두화창 뀌쥐 문열소 문안 열것면 갈라데 상쇠는 열갈에다가 상보 보풀 묻이하면서 돈다		
외쇠쥐문열소	쟁 쟁·천지젠이·쟁 쟁·천지젠이 쟁 쟁·쟁지젠채·제첸·젱채 웃지첸	⟩ 1 번
	체제 · 천지젠이	약간 ″
	천지젠이	″
	지젼채	3 번
장구	덩덩·덩닥쿵닥·덩 덩·덩닥쿵닥 덩덩·덩닥쿵닥·더덩쿵닥·덩닥쿵닥	⟩ 1 번
	덩닥·덩닥쿵	약간
	덩~덩·쿵닥쿵	″
	덩닥쿵	3 번
	덩 덩 쿵닥쿵닥 (나닥징)	약 간
※참고 : 상쇠중가락을 딱 치고 수루화창으로 너르르 하면 전간원들은 뒤로 돌아 선다		
	젯첸·젱첸·천지젠이·첸~젯첸	3 번
	쟁~천지젠이 · 첸~젱 첸	4 번
	천지젠이 · 천지젠이	약 간
	지젼채 · 지젼채	3 번
	천지·천지·천지·천지	약 간
※참고 : 전간원들은 3 보 후퇴 물라서 본위치로와 선다		

자필가락보 문굿 13

차 례	치 는 박 자	손간
장구나온후굿가락	덩덩. 덩덩、 덩딱궁. 덩~딱궁	3 번
	덩~ 덩딱궁、 덩 딱궁	4 번
	덩~덩 덩딱궁	약 간
	덩딱궁 덩딱궁	3 번
	덩 덩 덩딱궁딱	약 간

※참교ː위에휘쳐.문엽소 가락과 나사로굿가락을 2번. 뒤
돌어치면 총 3 번굿 가락이 된다

※ 위에 휘몰이굿 가락을치다가 굿을끝고 상쇠 수무종장으로
각항 치배군 얼분 아 뢰요. 전반원은 관중석을 향하여
※쇠사응굿가락 첼. 첼. 첼 ...하면서 절 2번한다

※ 삼채굿 가락	제첼、 젠첸、 쳰지젠에	〉약 간
	쳬졔、 쳰졔、 쳰지젠에	
장구	더덩、 더덩、 덩딱궁다	
	덩딱、 덩딱、 덩딱궁딱	
※음마 깽깽	(제쳰、 제쳰) 은자젠쳰、은자젠쳰졔	약 간
	이자미 젠졔. 지젠지젠 쳰 졔	1 번
장구	(더덩. 더덩) 덩딱궁딱. 덩딱궁딱	약 간
	더더덩. 덩딱 더덩. 더덩. 덩 딱	1 번
※ 휘몰이 가락	쳬지 쳬지、 쳬지-쳰지)	약간
	덩 덩 덩딱궁딱	

※참교ː위에음마 깽깽굿 가락을 2번 뒤돌러치 면 총3번이된다

자필가락보 문굿 14

차 례	치 는 박 자	순간
쇠	(따각 징) (따각 징)(따각 징)	1 번
장구	(징) │ (징) │ (징)	
의엽산안다래기	챙~챙 젓쳔 . 챙~챙 젓쳔	
	체지쩬이 、 챙~ 쩟쳔	
	챙~챙 젓쳔 .챙~챙 젓쳔	1 번
	체지쩬이 、 챙~쩟쳔	
장구	덩~덩 더덩 . 덩~덩 더덩	
	덩따쿵 . 덩딱쿵	
	덩~덩 더덩 . 덩~덩 더덩	
	덩딱쿵 . 텅딱쿵	
상쇠는 두줄외 단원들을 한줄로 진을 줄여 나간다		
어서기돌이 가락	응 체지쩬이 、챙~ 쩟쳰 (징)	약간
	덩 덩딱쿵 . 덩~딱쿵	
	쳔제. 체제 체제지쩬	1 번
종류돛 가락	체쩬 옷제라 체쩨 쩟쳐	
	지쩬 _옷제라 . 체쩨 쩟쳐	약간
장구	덩딱. 덩딱쿵, 덩딱 쿵딱	
	쿠쿵 덩딱쿵 . 덩딱 쿵딱	
쇠 어름긋 가락	체지쩬 . 쩟 쳔	
	덩딱쿵 - 쿵딱	3 번
쇠 외채 가락	체지쩬이 . 체자쩬이	
	덩~덩 . 덩딱쿵	약간

자필가락보 문굿 15

차 례	치 는 방 자	순 간
	지저채 、 지전채	⎱ 3 번
	덩닥궁 、 덩닥궁	
4) 휘몰이 가락	첸지、첸지、첸지、첸지	⎱ 약간
	덩 덩 、 덩닥궁닥	
5) 싸움 가락	제첸、첸、첸、첸,첸……	⎱ ◠ 번
	더덩、덩,덩,덩,덩……	
※ 참고 : 심사 석 및 관 중 석에 절 한 번 하고 퇴장		
	첸~첸、첸~첸、제제첸첸、첸~직	⎱ ◠ 번
	덩~덩、덩~덩、더더덩덩、덩~닥	
퇴장굿 가락	첸제、첸지첸어、첸진	⎱ 목적지까지
	지첸、첸지첸어、첸진	
	덩닥、덩닥궁、덩 닥	
	더덩、덩닥궁、덩닥	

전남 고흥군 금산면 신평리 월포 534번지

무형문화재 제7호 보유자 정이동

H.P　010-7174-1461

전화　061-843-4054

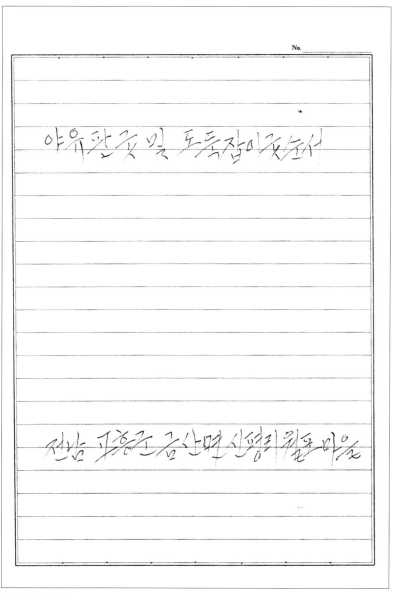

야유판굿 및 도둑잡이굿순서

전남 고흥군 금산면 신평리 월포마을

자필가락보 판굿 1

차 례	굿 치 는 박 자	순 간
굿 시작	채이. 챈 챈 챈	1 번
위 채 가락	지리챈. 허지리이. 챈지리이 ·	약 간
이 맺는 가락	지리채. 지리채	4 번
회돌이 가락	챈제. 챈제. 챈저.	약 간
	쇠 (맥). (갱)	1 번
	채전. 챈. 젓 챈	
	챈. 챈지전. 챈~젓챈	
엇 길굿 가락	챈지. 챈지전. 챈지전. 젓 챈	약 간
	지전. 챈지전. 챈지전. 채 챈	
	ㄴ젓 채전. 채이~챈전	
	채이~젓챈. 채이~젓챈	

※ 굿 친 단원들은 일렬로 서서 반대방향으로 원을
그리면서 힘차게 뛰어돈다

그래에 상쇠는 안쪽으로 반대방향으로 돌면서
굿을 치되. 종쇠가 맞닿기 전에. 상쇠가 신호로 신호
을 하면 종쇠는 반대방향으로 굿단원들을
이끌고. 되돌아 간다. 이것을 연속 뒤돌 쳐 치다
가 굿을 긋고. 상쇠가. 발림상체 굿 써어친다

발림상체 가락	챈제. 챈지전. 온지전. 챈제	약 간
	지전. 챈지전. 온지전. 채제	
쇠의 굿가락에	맞추어. 잡역인들은 얼쑤. 절쑤 하고	춤을

자필가락보 판굿 2

차 례	굿 치 는 방 자	순 간

주고 받다.

상회는 안쪽에서 돌고 、종회는 만원을을 알고
반대 방향으로 쭉 회돌아 돈다
계속 발걸음상채굿 가락을 지다가 상회는 굿가락
을 지쳐서 외채굿으로 굿을친다

외채굿 가락	챈지젠이 . 챈지젠어	약 간
쉬 맺지는 가락	지젠챈、지젠챈	세번
휘몰이 가락	챈제、챈제、챈제 (두악)(징)	약 간

챙~젠챈、챙~젯챈
차이、챈지젠、챈지젠、젯챈

| 전채굿 가락 | 지젠、챈지젠、챈지젠、젯챈 | } 약 간 |

챈제、챈지젠、챈지젠、젯챈으
챙、챙、챙、(챙짓 쩌러)(쟁젯쩌징)

위 굿 가락 끝에채(챙짓)쩌러하면서 로 한번 돌고、
(쟁젯) 쩌중 걸어면서 우로 한반 회위치로 돈다

| 쉬 싸움 가락 | 챙챙챙。챙、챙、챙。챙 챙챙 | 3 번 |

상회는 안바탕、쉬들은 만원을알고 바깥을 바당 서로
반대방향으로 돈다 쉬 어유름굿을 잘 째매
언제든지 세번을 반복 회돌어 빨리 돈다
마지막 쉬 싸움 일때는 쉬가락 걸 않르게
한다. 처음~세 번째 쉬 싸움 가락

차 례	굿 치 는 박 자	순간
	챙~챙、챙~챙、챙~챙	
쉬사움 가락	제챈、제챈、제챈、챙~쳇	한 번
	챙 챙 챙….	
쉬 마지막 가락	제챈、제챈、천지젠、챙~쳇 (징)	한 번
※위 쉬사움가락을 반복 되돌려 세번을 반복하여 치고 상쇠는 굿을 긋중과 엿갈굿을깨어처친다		
	챈지、챈、쳇챈	
	챈、챈지젠、챈~쳇챈	
엿갈굿 가락	챈지、챈지젠、챈지젠、쳇챈	약 간
	지젠、챈지젠、챈지젠~챈 챈	
	쳇 채젠~채이~챈지	
	채이~쳇챈、채이~쳇 챈	
휘채 가락	챈지젠이、챈지젠이	약 간 4번
쉬 매지는 가락	지젠채、지젠채	4 번
젖몰이 가락	챈제、챈제、챈제	약간
음마깽깽 가락	지젠、지젠、※ 은지젼챈	″
매지는 가락	어지가 챈제 지젼 지젼 챈~젠	한 번 약간
젖몰이 가락	챈제、챈제、챈제	
※음마깽깽 가락을 두번더 반복 되돌려 연속친다		
젖몰이 가락	챈제、챈제、챈제	약 간
쉬사움 가락	챙 챙 챙、챙 챙 챙…..	여러번

자필가락보 판굿 4

차 례	굿 치는 법	노간

※의 가락을 치면 굿 친 단원들이 안으로 다 모여 굿사
가 싸움 가락을 연속 쳐번치면 친 단원들이 모해든상

※ 상쇠를 중심으로 하며 흥겨워 한곳에 모여서 상쇠가
※ 노래: 신창을 하면 굿 친단원들은 후렴을 한다
※ 노래: 신창 서정강산원이요 동각실중매이라
※ 후렴: 어 핫사 히하. 해~해야 연~연으로 놀세
※ 신창: 세신는 금산친이요 생애또 주일배주이라
※ 후렴: 어 핫사 히하. 해~해야 연~연으로 놀세

※ 싸움 가락 챵. 챵. 챵. 챵챵챵. 챵. 챵. 챵	세번

※ 의 굿가락이 한곡이 끝 맞춤
※ 위 노래 가락을 세번 쉬풀이 하의 만지막 끝
곡은 (후렴) 5장 얼~싸아. 얼~싸아. 얼~싸아
얼~싸아. 잘~지아. 부르고 가음에는
쇠싸움굿 세번을 치고 다음 굿 영산가듬이굿 친다

영산마듬굿 가락	챵이. 챵이. 젯챈. 챵이. 챵이. 젯챈	
	챈지젠. 챵이. 젯챈	
	챵이. 챵이. 젯챈. 챵이. 챵이. 젯챈	한번
	챈지젠. 챵이. 젯챈	
긴듬이굿 가락	은. 챈지젠 챵이. 젯챈	약간
채굿 가락	챈지젠이. 챈지젠이	〃
매지는 가락	지젠채. 지젠채	나번

자필가락보 판굿 5

차 례	굿 치 는 박 자	횟 수
휘몰이 가락	챈제, 챈제, 챈제	약간
준삼채 가락	지젼, 지젼, 챈지젼, 젓챈 · 챈제, 챈제, 챈지젼, 젓챈	약간
포리동산 준비박	챙, 챙, (챙, 챙, 챙, 챙)	한번
포리동산굿 가락	챈지젼, 젓챈, 제지젼, 젯챈 챈지젼, 챈지젼, 챈지젼, 젯챈 지젼채, 젓챈, 지젼채, 젓챈 지젼채, 챈젓젼, 챈지젼, 젓챈 포리동산 깨갱, 포리동산 깨갱 포리동산, 포리동산, 포리동산 깨깨갱 지젼 챈젼, 챈제 지젼, 쨍~짓제~쨍	약간
좀 포리동산굿 가락	챈제, 챈지젼, 챈지젼, 젓챈	약간
이 중 가락	챈제, 챈지젼, 챈제, 챈지젼	"
가진삼채 가락	지젼, 지젼, 챈지젼 챈제, 지젼, 챈지젼	"
읍마깽깽 가락	지젼, 지젼, 쥰은지젯챈 은지젯챈	약간
매지기 가락	이지챈, 젯챈, 지젼, 지젼, 챈~젼	한번
휘몰이 가락	챈제, 챈제, 챈제.	약간
※ 위에 굿가락을 두번 반복하여 되풀이 치면 총 세번 굿가락이 된다		
되싸움굿 가락	챙, 챙, 챙, 챙, 챙, 챙, 챙, 챙, 챙.	세번

자필가락보 판굿 6

첫 제	굿 치는 법 간	순간
들어 삼사	챙~챙, 챙~챙, 챙~챙	
가락 과 연결함	잿잰, 잿잰, 잰지잰, 챙~잿 (징)	한 번

※ 위 가락을 또 두번을 되풀이치면 총 세번이 된다

종 도리중산줏 가락	잿지잰, 잿지잰, 잿지잰, 젯잰	약 간
이 롬굿 가락	잿잰, 잿지잰, 잿잰, 잿지잰	〃
자지삼채 가락	지잰, 지잰, 잿지잰 / 잿잰, 지잰, 잿지잰	약 간
음마갱갱 가락	지잰, 지잰 온지 젯잰, 온지 젯잰	약 간
매지는 가락	어지, 젯잰, 지잰, 지잰, 잰~잿	한 번
휘몰이 가락	잿잰, 잿잰, 잿잰	약 간

※ 위 굿가락을 두번 엔츳 되풀어 치면 총 세번이 된다
※ 이 가락을 지러 치면 굿이 아주 잘 된다
※ 굿 한 구절이 끝난다
※ 다음 굿은 칠채굿이 나온다

칠채굿 가락	잿잰지잰, 잿잰지잰, 지잰잿잰, / 잿잰젯잰, 지잰잿잰, 엊지잰	약간
댄 삼채 가락	지잰, 지잰, 잰~젯잰 / 잿잰, 지잰, 잰~젯잰	약간
음마갱갱 가락	지잰, 지잰 온 온지 젯잰, 온지젯잰	약 간
매지는 가락	어지, 젯잰, 지잰, 지잰, 잰~잿	한 번
휘몰이 가락	잿잰, 잿잰, 잿잰	약간

자필가락보 판굿 7

차 례	굿 치 는 박 자	순 간
칠채굿 가락	챈제지챈, 챈제지챈, 지젠챈제 챈제젼챈, 지젠챈제, 잊지챈	약간
뒷삼채나 가락	지젠, 지젠, 챈~젼째 챈제, 지젠, 챈~젼째	약간
음마깽깽 가락	지젠, 지젠꿍으지젼챈, 으지젼챈	약간
매지는 가락	어지리, 젠챈, 지젠, 지젠, 챈~젼	한번
휘몰이 가락	챈제, 챈제, 챈제	약간

※ 위 굿 가락을 한번식 되풀이치고, 앙진 노래의 같은 식으로 상쇠 선창하고, 산왕이 후렴한다

| ※ 싸움굿가락 | 챙 챙챙, 챙 챙챙, 챙챙 챙. | 세번 |

※ 오늘저녁은 재심심하게, 노래 한곡 읊어볼세
※ 어잇사하하, 해~해야 연~연으로 놀세
※ 구구 팔십 초광누는, 어동궁을 재킹가네
※ 어잇사하하, 해~해야, 연~연으로 놀세
※ 팔구 칠십 여진인은, 책식강에 놀아 있고,
※ 어잇사하하, 해~해야, 연~연으로 놀세
※ 칠구 육십 삼보동동 강퇴궁이 놀아 있고
※ 후렴 = 5장을 부르고 끝 낸다

※ 싸움굿 가락 세번하고, 북 놀이가락 누진 삼채굿 치고, 중삼채굿치고 어름가락치고 자진 삼채굿 포리동산굿 충포리동산굿을 치고, 0음 가락을 놋친다

자필가락보 판굿 8

차 례	굿 치 는 박 자	시 간
어름굿 가락	챈제, 챈지젠, 챈제, 챈지젠	약간
외채굿 가락	챈지젠이, 챈지젠이	〃
꺼지는굿 가락	지젠챈, 지젠챈	나번
후물이 가락	챈제, 챈제, 챈제	약간
잘채굿 가락	챈제지챈, 챈제지챈, 지젠챈저 챈젠 젠챈, 지젠챈제, 억지챈	} 약간
자진삼채 가락	지젠, 지젠, 챈지젠 챈제, 지젠, 챈지젠	} 약간
엄마깽깽 가락	지젠, 지젠옷, 은지젠챈, 은지젯챈	약간
맥지는굿 가락	이지젠, 젠챈, 지젠, 지제, 챈~젠	한번
후물이굿 가락	챈제, 챈젠, 챈제	약간

※ 위 엄마깽깽굿 가락을 두번 반복하고 굿 세번 중에 엄산사들이 굿치고 바로 엿교굿을 친다. 中이어서 도돔잡이

	채젠, 챈, 젯챈	
	챈, 챈지젠, 챈~젯챈	
엿교굿 가락	챈지, 챈지젠, 챈지젠, 젯챈 지젠, 챈지젠, 챈지젠, 채 챈	} 약간
	젠채젠X채이, 챈제	
	채이~젯챈, 채이~젯챈	
느린삼채 가락	챈젠, 챈지젠, 챈지젠, 젯 챈 지젠, 챈지젠, 챈지젠, 젯 챈	} 약간

자필가락보 판굿 9

차	례	춤 치 는 방 간	능 간

지금 부터 포즉 잽이 가락 순서가 된다

상쇠는 중 간의들을 합 삼 3초식 계면지도 시작한

상쇠는 진 간의들을 이사감. 제사감. 자리를 옮긴다

비운다 굿채 끈을 신호를하면 자리옮긴다

진간위이 옮기지면 다시 한번 발짼과 또 다시

오부짼다 세번을 반복한다

명석을 맡고, 풀 때 에는 상쇠는이 굿을 친다

	창~젯챈. 챵~젯챈. 챵~젯챈	
굿 풀이 중 가락	챵. 챈지젼 . 챵~전젼	약간
	지젼. 챈지젼. 챈지젼~젯챈	

외채굿 가락	챈지젼이. 챈지젼이	약간
따지는굿 가락	지젼챈. 지젼챈	2번
혼몰굿 가락	챈젼. 챈젼. 챈젼	약간
3 산을 굿 가락 (상쇠)챙챙챙 (부쇠이) 챙챙챙		

외 가락을 명석을 맡겄다. 명석을 풀겄다. 없는 짚물이

로뫼, 한 번은 개인지도. 뒤번에는 예비지도 짚왼 세번

에는 실제로 중 진간위들을 지휘정여 명 석을 마른다

명석을 풀 을재에는 이 굿 가락을 친다

	챵~젯챈 . 챵~젯챈. 챵~젯챈	
굿 풀이 중 가락	챵. 챈지젼. 챵~젯챈	약간
	지젼. 챈지젼. 챈지젼~젯챈	

자필가락보 판굿 10

춤	청	중 치 는 박 자	순 간

※ 위에 명석굿가락을 세번 반복하여 뒤 물에 치고 외재굿 치고 휘몰이굿 치다가 굿을 끊고, 느린 삼채굿 가락을 내어 친다

느린삼채굿가락	갱지. 갠지갠. 갠지갠. 갱재	약 간
	지갠. 갠지갠. 갠지갠. 갱갠	

※ 쇠들은 삼채굿을 계속 치고, 상쇠는 대포수 및 농부
잡역들이 투전 놀이를 하고 있을 때 상쇠는
포수들을 유인하여 굿전원을 문안으로 들어온다
그래 적이 하군진지 문앞까지 들어올때 쇠들이
갠갠갠 굿을 밀어 내어 적을 도망을 간다

※ 굿가락을 연속할 때 상쇠가 구주 호창
※ 장수 불러 군중에 문장 건령하라. 예~ 잇 하고,
※ 취래불러 수불 삼취하라. 예~ 잇 예령 하고,
※ 기수 불러 위고 일통하라 예~ 잇 대령하고,
※ 수복 불러 영령 이하에 행렬 삼고하라 예~ 잇
의 일을 세번 반복 하다가 마지막에는 영쉬가
나가서 영골에서 대포수 깃을 걸고 오면 굿
줄들이 대포수와 같이 아군 진지에 가 들어온다
그래 상쇠가 구주 호창으로 군중에서 도적을 잡았
으니 천우 신조하라 ✕ 상쇠는 대들우굿 가락을치고
동구굿 고. 일채굿부터서 칠채굿 까지 친다

노래 가사

※ 이강강산 월이오 · 동쪽 절중 매이라
 후렴 : 어릿사 하하 해~해야 년~년으로 돌며
※ 새 사는 금산 절이오 · 광이는 구일째구 이라
※ 오늘 밤에 하십십 한건지 · 조쳐 한 곳 울에보네
※ 구주 팔남 일광수로 · 어룡동으로 돌라갔가네
※ 팔구철심 이력산은 · 채석강에 놀아 있고.
※ 칠주육심 삼오동중 · 강해광이 놀아 있고
※ 숙구 오심 사오부는 · 동군에서 놀아 있고
※ 오구 사심 오자산은 · 신상봉 올라 바둑을 두자
※ 사구 사심 육오 부는 · 고국 강신 이 아닌가
※ 삼구 이심 칠팔째중이 뚜렷하게 멍거 늦저
※ 이십 팔만 진두되는 · 제갈량의 병법 일세
※ 일곱 이섯는 하로낙서가 이 아닌가
※ 둥실 둥실 지구름속에 동자 없아 춤을 추어
※ 놀러가세. 놀러가세 · 월산이 잠으로 놀러 가세
 후렴 : 어릿사 하하 · 해~해야 년~년으로 돌며

전남 고흥군 금산면 신평리 월포 마을
무형 문화재 제21호 장 이 동
전화 061 - 843 - 7058
휴대폰 010 - 7174 - 1461

| 참고문헌 |

_ 김익두 외, 『호남우도풍물굿』, 전북대 전라문화연구소, 1994.

_ 김익두 외, 『호남좌도풍물굿』, 전북대박물관, 1994.

_ 김택규 외, 『한국의 농악 – 호남편』, 사단법인 한국향토사연구전국협의회, 1994.

_ 김학주, 「좌도 영산가락에 대한 음악적 고찰」, 한국정신문화연구원 석사논문, 1987.

_ 김혜정, 「농악」, 『화순군의 민속과 축』, 화순군, 1998.

_ 김혜정, 「마당밟이의 가락구성 원리」, 『남도민속연구』 7, 남도민속학회, 2001.

_ 김혜정, 「전남지역 매구의 길굿에 대한 연구」, 『한국음악연구』 27, 한국국악학회, 1999.

_ 송기태, 「풍물굿 대포수의 양면성 –전남 남해안지역 풍물굿을 중심으로–」, 『공연문화연구』 15, 한국공연문화학회, 2007.

_ 송기태, 「호남풍물굿의 전승과 전문예인집단 연희의 수용」, 『남도민속연구』 14, 남도민속학회, 2005.

_ 이경엽, 『담양농악』, 심미안, 2004.

_ 정병호, 『농악』, 열화당, 1986.

_ 『전남의 세시풍속』, 전라남도, 1988.

_ 『전라남도국악실태조사』, 문화재관리국, 1980.

_ 『한국민속종합보고서』 전남편, 문화재관리국, 1980.

_ 『한국민속종합조사보고서』 농악·풍어제·민요편, 문화재관리국, 1982.

고흥 월포농악

초판1쇄 찍은 날 2008년 6월 28일
초판1쇄 펴낸 날 2008년 6월 30일

지은이 이경엽·김혜정·송기태
펴낸이 송광룡
펴낸곳 심미안
주 소 503-821 광주광역시 남구 양림동 24-18번지 2층
편 집 이경진
전 화 062-651-6968
팩 스 062-651-9690
메 일 simmian03@hanmail.net
등 록 2003년 3월 13일 제05-01-0268호

값 12,000원

ISBN 978-89-91329-81-2   93380